山南市文艺扶持项目

ཡུལ་ཡར་མོའི་སྤྲང་ནས་མེ་ཏོག་བཏུས་ན།

བྱམས་པ་བསྟན་འཛིན་གྱིས་བརྩམས།

བོད་ལྗོངས་མི་དམངས་དཔེ་སྐྲུན་ཁང་།

图书在版编目（C I P）数据

魅力雅砻：藏文 / 强巴单增著 . -- 拉萨：西藏人民出版社。2021.8
ISBN 978-7-223-06822-2

Ⅰ . ①魅… Ⅱ . ①强… Ⅲ . ①诗集 - 中国 - 当代 - 藏语 Ⅳ . ① I227

中国版本图书馆 CIP 数据核字 (2021) 第 101103 号

魅力雅砻

作　　者　强巴单增
责任编辑　巴桑旺庆
封面设计　格桑罗布
责任印制　拉姆曲珍
出版发行　西藏人民出版社（拉萨市林廓北路 20 号）
印　　刷　成都东江印务有限公司
开　　本　787×960　1/16
印　　张　15.125
字　　数　200 千
版　　次　2021 年 8 月第 1 版
印　　次　2021 年 8 月第 1 次印刷
印　　数　01-2,000
书　　号　ISBN978-7-223-06822-2
定　　价　52.00 元

发行部联系电话（传真）：0891-6826115

དཀར་ཆག

མ་གིའི་ཇུ་མོའི་གཞུང་ནས།

ལ་གིའི་འོང་ཁའི་གསེབ་ནས།

སྨོན་ཚིག་དགོས་འདོད་ནོར་བུ།

༄། །འདོད་གསོལ་སྙིང་གི་རོལ་མོ།

རེ་བའི་མིག་འབྱུར་གཏོད་པའི་བྱ་ལ་དགོངས།

སྟོན་ཟླ་དཀར་པོ་རྒྱས་པའི་དཔལ་ལས་ལྷག་པར་མཛེས་པའི་སྐུ་མཆོག་མངའ། །
ཚངས་པའི་དབྱངས་ཀྱི་སྙན་མོའི་གདངས་ཀྱང་ཟིལ་གྱིས་གནོན་པའི་གསུང་སྐད་ཅན། །
ཟབ་ཡངས་རྒྱ་མཚོ་ཆེན་པོའི་འཛིང་ལྟར་དཔག་པར་དཀའ་བའི་ཐུགས་དང་ལྡན། །
ཆོས་ཀུན་རྒྱུད་མངས་སྒྲ་རུ་ལེན་པ་ཚངས་པའི་སྲས་མོ་དབྱངས་ཅན་གྱི། །

ཆུང་ངུའི་དུས་ནས་ལུས་ཀྱི་ལྗོན་པས་ཁྱོད་ལ་དད་ཕྱག་ལན་བརྒྱར་ཕུལ། །

ཆུང་ངུའི་དུས་ནས་ངག་གི་སྙིང་ཐུས་ཁྱོད་ལ་བསྟོད་ཚིག་དབྱངས་སུ་གྱེར། །

ཆུང་ངུའི་དུས་ནས་ཡིད་ཀྱི་མཚོ་མོས་ཁྱོད་ལ་གསོལ་འདེབས་རླབས་ཕྲེང་བརྩེགས། །

ཆུང་ངུའི་དུས་ནས་རེ་བའི་མིག་འབུར་ཁྱོད་ལ་གཏོད་པའི་བུ་ཆུང་ལ། །

སྨྲ་བའི་ནུས་པ་མཚོ་རུ་བརྗོལ་བའི་ངག་གི་དངོས་གྲུབ་སྩོལ་མཛོད་ལ། །

སྤྲ་བ་མང་པོའི་མེ་ཏོག་བཞད་པའི་ཡར་མོ་རླུང་གི་ཡུལ་ལུང་ནས། །

སྣ་ཚོགས་མེ་ཏོག་ལག་ཆུང་ཟུང་གིས་བཏུ་བའི་ལས་ཀྱི་འཁོར་ལོ་ལ། །

ཀུན་ནས་རམ་བུ་འདེགས་པའི་རྒྱུད་རྡུག་ཉིན་དང་མཚན་དུ་བཏུངས་ཤིག་དང་། །

༄། །ཡ་གིའི་སྤྱང་རིའི་ལྡེབས་ནས།

གཞལ་ཁྲི་བཅན་པོ།

མང་པོས་བཀུར་བའི་རྒྱུད་ལས་འཁྲུངས་མིན་ལྷ་ལས་དེ་བས་ག་ནས་འཁྲུངས།།
མཐུ་དང་ནུས་པའི་རྩལ་གྱིས་སྐྲེམས་པའི་སྤྱི་བོའི་ཡུལ་གྱི་ཕོ་རྒོད་ཅིག།
གདོང་དམར་བོད་པའི་བསོད་ནམས་ཟྫོང་གིས་འདི་རུ་ཁྲུགས་པའི་རྟེན་འབྲེལ་ལས།།
གུས་བཀུའི་གདན་ཁྲི་མཐོ་རུ་བརྩེགས་ཏེ་གཞལ་བས་བཏེགས་ནས་རྗེ་ལ་བཀུར།།

བསོད་ནམས་མི་དཔུང་མཁའ་ལ་འབར་བས་གླིང་བཞི་གླིང་ཕྲན་དང་བཅས་པ།།
དབང་དུ་བསྒྱུར་བའི་རིན་ཆེན་དང་པོའི་སྟོབས་སྟོང་འཁོར་ལོ་མེད་ན་ཡང་།།
གངས་རིའི་ཡུལ་ཚོ་གཅིག་ཏུ་བྱེད་པའི་གསེར་གྱི་ཉི་མ་ཆེན་པོ་ནི།།
གནས་མཆོག་འདི་རུ་འདྲེན་པར་བགྱིད་པའི་སྐྱ་རེངས་དང་པོ་ཁྱོད་ཀྱིས་བྱུས།།

དེ་ནས་བཟུང་སྟེ་ཡུམ་བུ་བླ་མཁར་མི་ཤིགས་བྲག་རིའི་སྒོ་ན་འགྱིངས།།
དེ་ནས་བཟུང་སྟེ་སྤུར་རྒྱལ་གདུང་རབས་ཤམ་ཆུ་སྔོན་མོའི་རྒྱུན་དང་འདྲེས།།
དེ་ནས་བཟུང་སྟེ་ཤེས་རིག་མེ་སྟག་སྨག་རུམ་མུན་པའི་ཁྲོད་དུ་འཚེར།།
དེ་ནས་བཟུང་སྟེ་སྤུར་རྒྱལ་ལྗོན་པའི་རྩ་བ་ས་ལ་ཟུག་འགོ་ཚུགས།།

རྒན་མོ་བལ་མ།

མི་ཚེའི་ཕྲེང་ཐག་གཡང་དཀར་ལུག་གི་འཛམ་པོའི་བལ་གྱི་སྣེ་མོ་ལ། །
ཉིན་མཚན་འཐབ་པར་བྱེད་དང་ལྷན་ཅིག་མཐོ་བ་ཨ་སྔོན་ནམ་མཁའ་དང་། །
དམའ་བ་དོག་མོའི་ས་གཞི་ལ་སོགས་རང་བྱུང་ཁམས་ཀྱི་མེ་ལོང་ལ། །
ཉམས་ཞིབ་སྦྱོར་བ་ཡེ་ནས་མི་ལྡོད་སྦྱོང་བ་ཅན་གྱི་རྒན་མོ་ཞིག །

ཟླ་བའི་འཁོར་ལོ་ཆེན་པོའི་ནང་གི་དཀར་ཆའི་འཕེལ་འགྲིབ་ལ་བལྟས་ནས། །
ལོ་ཟླ་ཞག་དུས་རགས་ཙམ་བརྩི་བའི་རྒྱན་མོ་བལ་མའི་ཟླ་རྩིས་ཞེས། །
གཟི་བྱིན་འོད་ཟེར་ལམ་ལམ་འབར་བའི་ནོར་བུ་རིན་ཐང་བྲལ་བ་ཞིག །
བསྟམས་ནས་ཡར་ཀླུང་གསེར་གྱི་གཞོང་པར་གཡུ་ཡི་སྤྲ་རྒྱན་ཚུལ་དུ་བྱོན། །

དེ་ནས་བཟུང་སྟེ་ཨ་སྔོན་གནམ་ལ་རྒྱ་སྐར་འཁོར་འགྲོས་བྱེད་ཚུལ་ཤེས། །
དེ་ནས་བཟུང་སྟེ་དོག་མོ་ས་ལ་དུས་བཞི་རིམ་གྱིས་འཆར་ཚུལ་ཤེས། །
དེ་ནས་བཟུང་སྟེ་གངས་རིའི་ར་བས་ཡོངས་སུ་བསྐོར་བའི་བསིལ་ལྗོངས་འདིར། །
གནམ་རིག་སྐར་རྩིས་ནོར་བུའི་གཟི་བྱིན་འགྲོ་བའི་དཔལ་དུ་འབར་འགོ་བཙམས། །

མི་དཀར་པོ་ཞིག་དང་འདྲུས་པ་ལས།

རྒྱལ་པོའི་ཐུགས་དགོངས་གདོན་གྱིས་བརླམས་སམ་བློན་པོ་ཀུན་པས་བཟི་འམ་ཅི། །
རྒྱལ་པོའི་འདྲེན་བྱེད་ཐལ་བས་བཀང་ངམ་བློན་པོ་ཐབས་ལ་མཁས་སམ་གང་། །
རྒྱལ་བློན་གཉིས་པོ་འཐབ་ཅིང་འཛིངས་པའི་དམར་པོ་ཁྲག་གི་བཞུར་ཤུལ་ན། །
རྒྱལ་པོའི་བཙུན་མོ་ཅང་ཤེས་རྟ་པོའི་རྫི་བོ་བྱེད་ལ་རི་ན་མངགས། །

སྤྱང་རིའི་ངོགས་ན་གཉིད་ལ་ཤོར་བའི་རྨི་ལམ་སྒྱུ་མའི་གྲོང་ཁྱེར་དུ།།

ཤམ་པོའི་སྤྲུལ་པ་མི་དཀར་ཞིག་དང་འདུས་ལས་མངལ་ན་ནོར་བུ་སྦྲུམ།།

ཁྲག་རིལ་མཛོག་མགོ་ཙམ་ཞིག་བཙས་པ་འབྲོང་རུ་རྣོན་མོའི་ནང་དུ་བཅུག།

དེ་ལས་བུ་ཞིག་བྱུང་བ་དེ་ལ་རུ་ལས་སྐྱེས་ཞེས་མིང་དུ་བཏགས།།

ཤིང་བསྲེགས་སོལ་བས་རྡོ་བ་བཞུས་ཏེ་གསེར་དངུལ་ཟངས་ལྕགས་ཕྱུང་བ་དང་།།

སྤང་ཐང་ཞིང་དུ་རྨོས་དང་ལྷན་ཅིག་ཕུ་ཆུ་ཡུར་ལ་དྲངས་པ་སོགས།།

བློ་དང་ཐབས་ཀྱི་བཀོད་པ་འཛིན་ནས་གསར་འབྱེད་སྣོ་མོ་བརྟུངས་པ་ན།།

མཛངས་མི་བདུན་གྱི་དང་པོ་ཞེས་པའི་དབྱར་གྱི་རྔ་གསེང་དགུང་ནས་ལྡིར།།

ཕ་བཟང་པོ་ཞིག་གི་བུ་མཆོག་ཏུ།

ལེགས་དྲུག་ཐོག་མ་ཨེ་ཝོ་ལེགས་ཀྱི་སྲིད་ཀྱི་ཆུ་བོ་བཞུར་དུས་སུ།།

ཕྱི་རབས་པ་རྣམས་མཁའ་ལ་འདྲེན་པའི་བྱ་ཡི་རྒྱལ་པོ་ཁྱུང་ཆེན་དང་།།

གངས་ཅན་མཛངས་པའི་མི་བུ་བདུན་གྱི་རུ་འདྲེན་དཔའ་བོ་དང་པོ་སྟེ།།

སློན་པོ་ཆེན་པོ་རུ་ལས་སྐྱེས་ཞེས་གྲགས་པའི་བ་དན་དཀར་པོ་ནི།།

ལྷབ་ལྷུབ་གཡོ་ལྡན་གང་ལས་མཆེད་པའི་སྲས་མཆོག་ལྷ་བུ་མགོ་དཀར་དེས།།
མཛངས་པའི་ལས་སུ་ཞིང་ལ་དོར་དང་འབྲོག་ལ་ཐུལ་གྱི་ཚད་གཞི་བཅས།།
ཕུ་ཡི་དྭངས་གཙང་ཆུ་བོ་སྔོན་པོ་ཟབ་མོའི་ཡུར་ན་ལྷུང་ལྷུང་དྲངས།།
མདའ་ཡི་གཡུ་གཞོང་ཕྲ་མོའི་ནང་ལ་ཆུ་མ་རྨོ་བའི་དབུ་ཕྱུད་ཕྱིས།།

དེ་ནས་བཟུང་སྟེ་ཞིང་གི་རྒྱ་ཁྲོན་ཆང་མཐིལ་ལེབ་མོས་འཇལ་མི་དགོས།།
དེ་ནས་བཟུང་སྟེ་ཕྱུགས་ཀྱི་གྲངས་ཀ་འོལ་ཚོད་སྲང་ལ་འདེགས་མི་དགོས།།
དེ་ནས་བཟུང་སྟེ་གནམ་ཆུའི་ཐིགས་པར་ཨ་ཕྲ་བཞིན་དུ་རེ་མི་དགོས།།
དེ་ནས་བཟུང་སྟེ་ཡུལ་ལུང་གང་སར་འབྲུ་དྲུག་སླེ་མའི་གཏེར་ཁ་བརྫོལ།།

མགྲུར་སྙན་མོ་ལྷང་ལྷང་འཛིན་དུས་སུ།

ཆུ་བོ་ཆུ་བོའི་ཕ་རོལ་ཞེས་པའི་མགྲུར་སྐྱུ་སྙན་མོ་འཛིན་དུས་སུ།།

ཡར་ཆབ་སྔོན་པོའི་ཕ་རོལ་ཞེས་པའི་སྙན་དབྱངས་ལྷང་ལྷང་གྱེར་དུས་ན།།

ཉིན་བཞིན་ཕག་ཚལ་ནགས་སུ་ཡིབ་ཅིང་མཚན་བཞིན་འཕྱིང་བར་ཉུལ་དུས་ལ།།

བཙན་པོའི་སྲིད་ཀྱི་པད་རྫིང་དྭངས་མོར་ཆུ་བྱ་དང་གིས་འདུ་དུས་དེར།།

ངོར་སྣང་བཙུན་མོང་ཞེས་པའི་བུ་ཏུ་སྐྱེས་པའི་མཛངས་མི་གསུམ་པ་དེས། །
འབྲུ་ལ་བྲི་དང་མར་ལ་སྲུང་གི་འཇལ་བྱེད་ནོར་བུའི་ལྡེ་མིག་བརྟངས། །
མཛའ་གཙུགས་དར་ཐག་གཅིག་ཏུ་སྒྱུར་པའི་མཉེས་གཤིན་གྲོགས་མཆོག་ཟུང་གི་དབར། །
ཞིང་འབྲོག་ཐོན་ཐོག་བཟོ་རེས་བྱེད་པའི་ཚོང་གི་སྒོ་མོ་ཐོག་མར་ཕྱེས། །

དེ་ལ་བརྟེན་ནས་ཞིང་པའི་ཞལ་ལས་ཤ་མར་ཐུད་ཀྱི་སྙུམ་ཞག་འཛོར། །
དེ་ལ་བརྟེན་ནས་འབྲོག་པའི་ལྷགས་ཀྱིས་སྲུང་དཀར་རྩམ་པའི་རོ་མཆོག་ཚོར། །
དེ་ལ་བརྟེན་ནས་གདོང་དམར་བོད་པའི་ཞིང་འབྲོག་ཡུལ་ལུང་ཐམས་ཅད་དུ། །
རང་རང་མགོ་དགུ་ཆུ་ཏུ་འཛོ་བའི་སྤར་མེད་བདུད་རྩིའི་རྫིང་བུ་བཞོལ། །

ཏུང་གི་ཐོར་ཅིག

བཙན་པོའི་གཟིགས་རྒྱུད་དར་ཐག་རིང་མོ་ཡུན་དུ་བསྲིངས་པའི་ཉེར་ལེན་ལས།།

ཡིད་ཀྱི་རོལ་ཚའི་ཞིང་ས་གཤིན་པོ་འཇམ་པོའི་ཤེལ་གྱི་ཁང་བཟང་ན།།

འཕགས་པའི་ཡུལ་གྱི་འཚོ་བྱེད་སྨན་པ་བི་བྱི་དགའ་བྱེད་ཞེས་གྲགས་པའི།།

ཉིན་བྱེད་ཟེར་དང་འཇམ་ཆར་དྭངས་མོའི་ཟེར་ཐིགས་གཅིག་ཏུ་ལྷུང་བའི་མཐུས།།

གངས་དཀར་ལྷུན་པོའི་ལྷུགས་རིས་བསྐོར་བའི་སྣ་ལའི་སྨན་གྱི་ལྗོངས་ཆེན་འདིའི། །
ས་ཡི་ཐིག་ལེ་གཅིག་པུར་གྱུར་པ་ཡར་མོའི་སླུང་གི་དགའ་ཚལ་དུ། །
ཆུ་འཛིན་དར་གོས་སྤྱབ་མོའི་གསེབ་ཀྱི་བཙོ་ལྷའི་དུང་ཟླར་ཙོ་འདྲི་བ། །
སྔོན་མེད་བྱུས་པ་མཚར་སྡུག་ཅན་ཞིག་ནད་ཅན་བསོད་ནམས་ཟྭོང་གིས་ཁྱུགས། །

འདི་ནི་གདོང་དམར་ཚོ་རིག་འཛིན་པའི་གཙང་ཚབ་སྔོན་མོའི་འགོ་ཁྱུངས་ཏེ། །
དྲི་མེད་ཤེལ་དཀར་མཆོད་རྟེན་འདྲ་བའི་གངས་རི་དུང་ཐོད་ཅན་པ་ཡིན། །
འདི་ནི་ནད་ཅན་ཉམ་ཐག་རྣམས་ཀྱི་མི་ལྷེ་རྨང་ནས་བཅིལ་བྱེད་པའི། །
སྦྲང་ཆར་ཟེལ་མའི་དངོས་གྲུབ་འཛེ་བའི་ཡུལ་འདིའི་ཐོག་མའི་ཆུ་འཛིན་ཡིན། །

གནམ་རི་སྔོན་བཙན།

སྟག་རི་གཉན་གཟིགས་ཉི་མའི་ཟེར་དང་སྤྲང་ཚར་ཟིལ་མ་བསྙོངས་པའི་བཅུད།།
སྟོང་བརྩུན་འགྲོ་དཀར་མངལ་གྱི་འཛིན་མར་ཡང་ཡང་སིམ་པའི་སྨྱུར་བ་ལས།།
ཚབ་སྲིད་ཡ་གིའི་གནམ་ལས་མཐོ་ཞིང་དབུ་རྫོག་ཕ་རིའི་རི་བོ་ལས།།
ལྷབ་དང་ལྷབ་ཀྱིས་བཙན་པར་གྱུར་པའི་གནམ་རིའི་སྔོན་པ་ས་ལ་འབྲུངས།།

ཤར་ཕྱོགས་ཙི་ནའི་ཡུལ་གྱི་ཕྱོགས་ནས་སྨན་དང་རྩིས་ཀྱི་མེ་ཏོག་བཏུས། །
ནུབ་ཕྱོགས་ཞང་ཞུང་བོན་གྱི་སྐུ་གཤེན་ཁྲི་ཁྱུང་གྲགས་པ་གཙུག་ཏུ་བསྙེན། །
ལྷོ་ཕྱོགས་འཕྱོངས་པོའི་རི་ཡི་ལྡེབས་ལ་སྐུ་མཁར་ཁྲི་བརྩིགས་འབུམ་གདུགས་བཞེངས། །
བྱང་ཕྱོགས་ཐང་གཤོངས་ཡངས་པོའི་དབུས་ནས་ཚྭ་ཁ་རྙེད་པ་ལྷོ་རུ་དྲངས། །

སྤུར་རྒྱལ་བོད་ཀྱི་མངའ་ཞབས་ལྷུགས་རི་རིང་ནས་རིང་དུ་བསྲིངས་པ་ན། །
དབུས་གཙང་ཡུལ་གྲུ་ཕལ་མོ་ཆེ་ཞིག་ཆབ་སྲིད་གདུགས་དཀར་གཅིག་འོག་བཟླུམས། །
ཚེ་སྤོང་བཟའ་ཡི་ཉ་ལྡིབས་ཁོག་ན་སྲོང་བཙན་མི་ཡི་ཉེ་མ་སྐྱེ། །
འོད་ཟེར་དཀར་པོ་ཆེམ་ཆེམ་འཚེར་བའི་ཤུ་ཧྲིག་ཏོག་པས་སྤྲུམ་པར་བྱས། །

གཉགས་ཛྙཱ་ན་ཀུ་མ་ར།

ཡར་ཀླུང་ཤེལ་གྱི་བྲག་རིའི་ལྷོ་ནུབ་འཕྱོས་ཞེས་བྱ་བར་ལྟེ་ཁྲག་ཟགས།།

མཁན་ཆེན་བོ་དྷི་ས་ཏྭའི་དྲུང་ནས་རབ་ཏུ་བྱུང་ཞིང་བསྙེན་པར་རྫོགས།།

སློབ་དཔོན་ཆེན་པོ་བི་མ་བཻ་རོ་གཡུ་སྒྲ་ལ་སོགས་བསྙེན་པའི་མཐུས།།

བཀའ་ཡི་ཆུ་བོ་བཞི་ཀ་འདུས་པའི་སྟོན་མེད་རྒྱ་མཚོ་ཆེན་པོར་གྱུར།།

སློབ་དཔོན་ཆེན་པོའི་ཐུགས་རྗེའི་དཔལ་ལས་བདུད་རྩི་ཡོན་ཏན་དཀྱིལ་འཁོར་དུ།།
སྨིན་པར་མཛད་པས་རྗེ་བ་སྐམ་པོའི་ཁོང་ནས་གྲུབ་ཆུ་སྔོན་མོ་བཏོན།།
ཕུར་པའི་སྒོ་ནས་གྲུབ་པ་ཐོབ་སྟེ་རྟོགས་པས་བདག་ཉིད་བསྒྲལ་བ་དང་།།
ཐུགས་རྗེས་གཞན་རྣམས་ཡང་དག་སྒྲོལ་བའི་མཐུ་ལ་མངའ་དབང་བརྙེས་པར་གྱུར།།

སྒྲ་ཚད་མཚན་ཉིད་གསང་སྔགས་ཕྱི་ནང་ཀུན་ལ་མཁྱེན་པ་རབ་རྒྱས་ཤིང་།།
ལོ་ཙཱ་ཆེན་པོ་དག་དང་བསྟེབས་ནས་དམ་པའི་ཆོས་མང་བོད་དུ་བསྒྱུར།།
མདོ་སྒྱུ་སེམས་གསུམ་བསྟན་པའི་མངའ་བདག་ཆེན་པོར་གྱུར་དང་ཆབས་ཅིག་ཏུ།།
སོག་པོ་དཔལ་གྱི་ཡེ་ཤེས་ལ་སོགས་དཔལ་གྱི་བུ་བརྒྱད་ལེགས་པར་བསྐྱངས།།

རྒྱ་བཟའ་ལྷ་ཁང་དང་གྱིམ་ཤིང་ཀོང་ཇོ།

ཡུལ་ལུང་སྐྱིད་པོ་ཡར་ཀླུང་གཡུ་ཡི་གཞོང་པ་ཆེན་པོའི་དཀྱིལ་རྒྱུད་ན།།
ཕོ་བྲང་ཆེན་པོ་འཕང་ཐང་ག་མེད་བརྗིད་པར་འགྱིངས་པའི་ལྷོ་ནུབ་ན།།
ཁྲི་ལྡེ་གཙུག་བརྟན་མེས་ཨག་ཚོམ་ཅན་གྱི་དྭངས་ཞིང་བསིལ་བའི་རྫིང་བུ་ལས།།
ལེགས་པར་འཁྲུངས་པའི་བཀོད་ལེགས་ལྷ་ཁང་འོད་ལྡན་མཚོ་སྐྱེས་དཀར་པོ་ཡིན།།

དབང་ཕྱུགས་ཙོ་ནའི་ཆེན་པོ་ཐང་གི་སྲས་མོ་གྱིམ་ཤིང་ཀོང་ཇོ་དེས།།
དྭངས་ཤིང་གསལ་བའི་མེ་ལོང་ནང་ནས་ཡུལ་དེ་ཡར་ཀླུང་སྐྱིད་པ་དང་།།
སྲས་པོ་ལྗང་ཚ་ལྷ་དབོན་གང་ཉིད་སྐུ་འབྲས་ཤིན་ཏུ་མཚར་བ་སོགས།།
ལེགས་རྒྱུའི་སྣང་བརྙན་མཇལ་བས་རྐྱེན་བྱུས་མཐོ་སྒང་འདི་ན་ཞབས་ཀྱིས་བཅགས།།

ལས་དང་སྐལ་བའི་ཆུ་འཛིན་དཀར་པོ་བསེར་བུ་རླུང་གིས་འཁྱིར་བས་ན།།
ལྗང་ཚ་ལྷ་དབོན་སྐུ་ཡི་དཀྱིལ་འཁོར་ལོངས་སུ་སྤྱོད་སྐལ་ཐོབ་མ་གྱུར།།
འོན་ཏེ་ཡུལ་འདིའི་འབངས་ཀྱི་སྐྱིད་སྡུག་ཡིད་ལས་ཕྱུང་བར་མ་ནུས་པས།།
མེས་པོ་ཨག་ཚོམ་ཅན་དང་འགྲོགས་ནས་འདི་ན་གངས་རིའི་ཕ་གཞིས་བསྐྱངས།།

མི་ལ་ཐོས་པ་དགའ་དང་བླ་མ་གཡུང་སྟོན་ཁྲོ་རྒྱལ།

བྲེ་པོ་སྟོན་ཆུང་བཙོངས་པའི་རིན་པ་སྐར་ཆེན་འོད་འཕྲོ་ལུས་ལ་བཅངས། །
རྒྱ་མ་སྟོང་གི་ལྷིད་ལས་གྲུབ་པའི་ཨ་མའི་མངག་ཆ་སེམས་སུ་ཤར། །
འཕྲེང་བའི་མཆི་མ་ཁོག་ཏུ་མིད་ནས་གཅེས་ཕྲུག་ལྷ་དང་ལྷན་ཅིག་ཏུ། །
བླ་མ་གཡུང་སྟོན་ཁྲོ་རྒྱལ་བཞུགས་པའི་ཡར་ཀླུང་སྐྱོར་པོ་གྲོང་ལ་ཆས། །

གཅིས་ཕྲུག་གཞན་རྣམས་བརྩོན་པའི་གོ་ཆ་ལུས་ལ་བགོ་བའི་བློ་མེད་པར། །
མཆིང་བུའི་རྡོག་པོ་ཙམ་གྱིས་ཡིད་ཆོམ་ཡུལ་ལ་ལོག་པར་བརྩམས་པའི་ཚེ། །
ཐོས་པ་དགའ་ཁྱོད་མཐར་ཕྱིན་རི་རྩེ་འགྲིམས་པར་མ་བྱུས་དེ་སྲིད་དུ། །
བླ་མའི་དྲུང་ནས་གྲིས་པར་མི་བྱེད་ད་དུང་མུ་ཏིག་འཚོམ་བུ་བཏབ། །

སྟོད་ཀྱི་མངའ་རིས་སྐོར་གསུམ་ཡུལ་ནས་གསེར་གཡུ་བརྒྱ་འབུལ་སྟོང་འབུལ་དང་། །
སྨད་ཀྱི་མདོ་ཁམས་སྒང་དྲུག་ཡུལ་ནས་ཇ་སིག་བརྒྱ་འབུལ་སྟོང་འབུལ་དང་ །
བར་གྱི་དབུས་གཙང་རུ་བཞིའི་ཡུལ་ནས་སྣམ་ཕྲུག་བརྒྱ་འབུལ་སྟོང་འབུལ་སོགས། །
ཅི་ཞིག་མཆིས་ཀྱང་ལུས་ངག་ཡིད་གསུམ་འབུལ་མཁན་ཐོས་པ་དགའ་ཙམ་ཡིན། །

རས་ཆུང་རྡོ་རྗེ་གྲགས་དང་རྩེད་ཐང་ཉ་མགོ་གྲུ།

ཏ་ཏུའི་སྐད་ཀྱིས་བ་མོ་འཇོགས་ནས་ས་སྙེང་འོ་མས་བརླན་པ་ན། །

བདག་མོ་ཁྲིམས་ཏེ་ཞིང་སྐྱོ་ཏར་གྱིས་ཕྱི་ནས་དབྱུག་པ་རྒྱག་པར་རྩོམ། །

སྐྲུ་འབྲས་མཚར་བའི་ལྕུགས་གོང་དམར་མོས་གང་གི་མར་ཀྲོག་ཡོངས་སུ་ཞུ། །

འཇམ་མཉེན་དར་གྱི་ཡོལ་བ་འཐེན་ནས་ཐོག་གི་ཁ་ན་གདན་ཞུ་བྱས། །

ཉིན་འགའི་རྟིང་ནས་ཕ་མོའི་གཡོ་སྒྱུའི་རང་གཟུགས་རྗེན་པར་མངོན་པའི་ཚེ། །
སྐྱིག་མོའི་སླུ་བྲིད་ཤུབས་ལས་ཐོན་ཏེ་ཉ་མགོ་གྱུ་ཁའི་ཕྱོགས་སུ་བཞུད། །
འོན་ཏེ་རྒྱུ་ལ་མཉན་དཔོན་དབང་དང་ལ་ལ་ཇག་པའི་དབང་ཉིད་ཀྱིས། །
ཀོ་གྲུ་མ་བཏང་མཉན་དཔོན་བཀའ་བཞིན་གྲུ་ཁར་བསྡོད་སྡད་མགུར་མ་འཐེན། །

མགུར་མའི་ཚིག་གི་མདའ་རྩེ་རྣོན་པོ་མཉན་དཔོན་སྙིང་ལ་ཟུག་པ་ན། །
ག་གོར་ཚིག་གི་རྗོ་བ་སྤུངས་པས་ར་མདའ་འཁྲིས་སུ་ཉེ་བར་བཙར། །
དེ་ཚེ་ཀོ་གདན་ནག་པོའི་སྟེང་ན་སྦྲ་དཀར་ཚིག་གསུམ་སྐྱ་བར་བྱུས། །
རྫུ་འཕྲུལ་ཆེན་པོའི་འཁྲུག་གར་གཅིག་གིས་ཡར་ཀླུང་གཙང་ཆེན་འཕྲེད་ལ་བཅད། །

ཙ་ལོ་རྡོ་རྗེ་གྲགས་དང་ཡ་མ་ཏྲ་ཛ།

སྐྱུ་ཡི་ལྡེ་མཚལ་ལ་སྟོད་ལྟོ་ཡི་སྐྱེ་ནམ་ཞེས་པའི་ཡུལ་དུ་ཟགས།།

ཚུང་དུའི་དུས་ནས་ལཱུ་ཥཧུ་ཀྲུ་བལ་ཡི་གེ་སོགས་ལ་བསླབས།།

གསེར་དངུལ་རྡོ་ལྕུགས་གོས་དར་སྨན་རས་ལྷ་བྲིས་འབུར་སོགས་བཟོ་རིགས་དང་།།

པི་ཝང་གླིང་བུ་སྒྲ་གར་སོགས་ཀྱང་མཁྱེན་པས་ཤེས་རབ་འབྱུང་གནས་ཟེར།།

མདོ་རྒྱུད་སྤྱི་དང་ཁྱད་པར་འཇིགས་བྱེད་རྟོག་པ་བདུན་པ་ལ་སོགས་བསྒྱུར།།
རྒྱ་བལ་གངས་ཅན་ཡུལ་གྲུ་མང་པོར་མདོ་སྔགས་ཆོས་ཀྱི་འཁོར་ལོ་བསྐོར།།
ནད་པར་སྨན་དང་དབུལ་པོར་ནོམ་པ་སྐོམ་ལ་ཆུ་ཡི་ཚུལ་དུ་སྦྱིན།།
དགྲ་ཇག་ཆོམ་རྐུན་མི་བསྲུན་བཏུལ་ཞིང་གཙུག་ལག་ཁང་ཆེན་མང་དག་བཞེངས།།

ཁྱད་པར་ཤམ་པོ་གངས་ཀྱི་འདབས་རོལ་ཡར་སྟོད་གནས་སུ་བཞུགས་པའི་ཚེ།།
འཇིགས་བྱེད་སྒྲུབ་པའི་རྒྱལ་མཚན་མཐོན་པོ་བསྐལ་བ་མེད་པར་སྒྲིང་བས་ན།།
ཡ་མ་ནྟ་ཛའི་སྔགས་ཀྱི་ཡ་ཡིག་སུས་ཀྱང་བྲིས་པ་མེད་ན་ཡང་།།
ཕ་གིའི་རི་བྲག་མཐོན་པོའི་ལོགས་སུ་དཀར་གོང་ཟློལ་གྱིས་ས་ལེར་དོད།།

གཙང་པ་རྒྱ་རས་དང་བྱང་ཆུབ་སྡིངས།

གཙང་གི་སྨྱུང་སྟོད་ཁུ་ལེའི་ཡུལ་ན་ལྡེ་ཐག་བཅད་པའི་སྐྱེས་བུ་ཞིག །
ཟབ་ཡངས་དགོངས་པ་འོ་མཚོའི་ཀློང་ནས་འབྲུག་པ་བཀའ་བརྒྱུད་ནོར་བུ་ཕྱུང་། །
མི་ཕྱེད་འབྲུག་དང་འབྲུག་ཕྱེད་སྤྲང་པོ་སྤྲང་ཕྱེད་གྲུབ་ཐོབ་ཀྱིས་གང་བའི། །
འབྲུག་པའི་བསྟན་པ་རྒོད་པོའི་ཉིན་ལམ་བཅོ་བརྒྱད་ས་ལ་སླེབས་པར་མཛད། །

ཙ་རིའི་གནས་ཀྱི་སྔོ་མོ་ཁྱིས་ནས་སྐལ་ལྡན་དུ་མ་ཐར་ལམ་བཀོད། །
ར་ལུང་ལ་སོགས་དགོན་པ་བཏབ་ནས་བརྒྱུད་པ་སྐར་མའི་གྲངས་ལ་བྱུས། །
ཤམ་པོ་གངས་རྭའི་བྱང་ཤར་མཚམས་ཀྱི་ཡར་སྟོད་གྱི་ཞེས་བྱ་བ་ན། །
འཁོར་ལོ་སྡོམ་པའི་གནས་ཀྱི་ལྟེ་བར་བྱང་ཆུབ་སྙིངས་ཀྱི་ཕོ་བྲང་བཞེངས། །

ཤར་ན་སྐྱེས་ཆེན་ཡེ་ཤེས་རྡོ་རྗེའི་བླ་མཚོ་སྔོན་མོ་མེར་གྱིས་འཁྱིལ། །
ལྷོ་རུ་གང་གིས་བསྐྱུན་པར་མཛད་པའི་སཙྪ་སྤྲུངས་པའི་ཁང་བུ་མཛེས། །
ནུབ་ཏུ་གསང་བའི་ཆུ་ཚོན་དྭངས་མོ་ནད་སྒྲིབ་སེལ་བའི་དཔལ་དུ་འབབ། །
བྱང་དུ་སྐྱེས་བུ་ཆེན་པོ་གང་དེའི་བླ་བྲང་མཐོན་པོ་ཡུལ་འདིའི་རྒྱན། །

ཟམ་པོ་གངས་ར་དང་ཐོད་སྐྱོན་བསམ་འགྲུབ།

ཡེ་ཤེས་མཁའ་འགྲོ་མི་མོའི་གཟུགས་ཅན་མ་གཅིག་ལབ་ཀྱི་སྒྲོན་མ་ཡི།།
སྐུ་མཆོག་ཟླ་བའི་མ་མའི་ཀློང་ནས་གཟི་བྱིན་འོད་དང་ལྡན་བལྟམས་ཤིང་།།
ཕ་གཅིག་དམ་པ་སངས་རྒྱས་ཞབས་དང་མ་གཅིག་ལབ་སྒྲོན་ཐུགས་རྗེ་ལས།།
ཕབ་པའི་གདམས་པ་གྲུ་ཆར་ཟིམ་བུའི་རྒྱུན་གྱིས་བསྐྱངས་པའི་བུ་མཆོག་ཁྱོད།།

རབ་དཀར་ཞེལ་གྱི་མཆོད་རྟེན་འདྲ་བའི་ཤམ་པོ་གངས་ཀྱི་ར་བ་རུ། །
སྤྲིན་དང་ན་བུན་འདྲེས་པའི་བར་གྱི་ཁ་ཆར་བུ་ཡུག་འཚུབ་མའི་གློང་། །
བྲག་སྐྱིབས་སྔོ་མོ་བྲག་གིས་བཅད་དེ་སྐུ་ལུས་རྣམ་སྣང་ཆོས་བདུན་ངང་། །
ཉིན་མཚན་ཏིང་འཛིན་གློང་དུ་འབྱམས་པའི་སྒྲུབ་པའི་རྒྱལ་མཚན་མཁའ་ལ་སྒྲེང་། །

ཏིང་འཛིན་བཅུད་ལ་རྟག་ཏུ་རོལ་བས་ཐ་མལ་ཟས་ལ་སྲིད་པ་བྲལ། །
གཏུམ་མོའི་མེ་དྲོད་གོས་སུ་གྱོན་པས་ཕལ་པའི་གོས་ནི་མེད་ཀྱང་ བླ། །
མི་ཚེ་རིལ་པོ་གངས་དཀར་ལྗོངས་ན་སྒྲུབ་པའི་རྒྱལ་མཚན་སྒྲེང་བཞིན་དུ། །
མཁའ་འགྲོ་དུ་མའི་ཚོགས་དཔོན་མཛད་ནས་ཐ་མར་འཇའ་ལུས་ཉིད་དུ་གཤེགས། །

པཎ་ཆེན་རྩོད་པ་ལས་རྒྱལ་བ།

སྔོན་གྱི་ཚེ་ན་ཁ་ཆེ་པཎ་ཆེན་ཤཱཀྱ་ཤྲཱི་ཞེས་པ་དེས།།

མུ་སྟེགས་པ་དང་ཉིན་གྲངས་རི་ཡི་ཡུན་ལ་རྩོད་པ་མཛད་པ་ལས།།

ཐོག་མའི་ཉིན་གྲངས་ལྔ་ཡི་རིང་ལ་པཎ་ཆེན་ཕམ་པར་གྱུར་པས་ན།།

དེ་ཞིག་པཎ་ཆེན་ཡི་མུག་ཚུལ་གྱིས་ཏ་ལའི་སྡོང་པོར་བསྙེས་ནས་བཞུགས།།

དེ་ཚེ་དེ་ལས་ལྷུང་བའི་འདབ་མ་ས་ནས་སྨྱུག་སྡེ་ཕྲུག་ལ་བཞིས། །
ཞིབ་པར་གཟིགས་པས་དེ་ཡི་ངོས་ན་སྒྲོལ་མ་ཕྲུག་བཞིའི་རང་བྱོན་མངའ། །
སྒྲོལ་མས་པཎ་ཆེན་ཡི་ཆད་གསོ་བའི་འཚི་གསོས་བདུད་རྩི་རིལ་བུ་སྩིན། །
སྒྲོལ་མས་པཎ་ཆེན་མཁའ་ལ་སྤྱུར་བའི་བྱ་རྒྱལ་ཁྱུང་གི་གཤོག་པ་བསྐུལ། །

དེ་ལ་བརྟེན་ནས་པཎ་ཆེན་མཆོག་གི་རྩོད་པའི་ང་རོ་སེང་གེའི་སྒྲུན། །
དེ་ལ་བརྟེན་ནས་པཎ་ཆེན་མཆོག་གི་རྩོད་པའི་རིགས་པ་རལ་གྲིའི་རྣོ། །
དེ་ལ་བརྟེན་ནས་པཎ་ཆེན་མཆོག་ཉིད་མཐའ་མར་རྩོད་ལས་རྒྱལ་བས་ན། །
སྒྲོལ་མའི་མཚན་ལ་རྩོད་རྒྱལ་ཞེས་གྲགས་ད་ལྟ་རྩེ་ཚོགས་དགོན་ན་བཞུགས། །

སྒྲོལ་མ་སྔོ་རྒྱབ་ཏུ་ལུས་པ།

མི་ཡི་ཉི་མ་སྲོང་བཙན་འོད་ཀྱིས་ཁྲ་འབྲུག་པདྨའི་ཞལ་ཁ་ཕྱེས།།

རྟེན་དང་བརྟེན་པའི་ཟེའུ་འབྲུ་མོད་པོས་ཏིལ་གྱི་གང་བུ་བཞིན་དུ་གཏམས།།

དེ་ལས་སྒྲོལ་མ་གསུང་བྱོན་སྐུ་ཡི་སྣན་པའི་བ་དན་དཀར་པོ་ནི།།

འཛམ་བུ་གླིང་གྲགས་མཚན་པའི་གླིང་ན་བར་མཚམས་མེད་པར་ལྷབ་ལྷུབ་གཡོ།།

གངས་ཅན་ལྷ་ལའི་སྨན་ལྗོངས་ཆེན་པོའི་བྱིན་ལྡན་གནས་དང་གནས་མཆོག་ན།།
མཆུ་སྒྲོས་པདྨ་འཛུམ་པའི་དབུས་ནས་གསུང་བྱོན་སྐུ་ནི་མང་མཆིས་ཀྱང་།།
འགྲོ་བའི་བསོད་ནམས་གསོག་པའི་ཞིང་ལ་གསར་དུ་ཕེབས་པའི་སྐུ་རྣམས་ལ།།
འདིར་ཕེབས་འདིར་བཞུགས་ཞེས་པའི་ཚིག་གི་བདུད་རྩིའི་འོད་དཀར་འཇོ་བཞིན་དུ།།

རང་གི་བཞུགས་མལ་དྲོན་པོ་གང་དེ་གཞན་ལ་ཕུལ་བའི་སྐུ་འདི་འདྲ།།
སྟོང་གསུམ་ཁྱོན་ན་དབང་པོས་མིག་སྟོང་བཀྲད་ནས་བཙལ་ཀྱང་རྙེད་མེད་པ།།
གང་ཁྱོད་གཞན་ལ་གལ་ཆེན་ངང་ནས་ལོ་ཟླའི་དར་ལྕེ་ཟད་པས་ན།།
ད་གཟོད་རང་ཉིད་སྒྲོ་རྒྱབ་ལུས་ཞེས་མི་ཚོའི་ཁ་ནས་རླུང་ལྟར་གྲགས།།

སྨེ་པར་ཉམས་འབར་བ།

གྲ་ཡི་ཡུལ་ན་ལྷེ་ཁྲག་འཕོ་བའི་ཡར་རྗེ་ཨོ་རྒྱན་གླིང་པ་དེས།།

པདྨ་བརྩེགས་པ་ཤེལ་གྱི་ཕུག་ནས་ཟབ་མོའི་གཏེར་གྱི་མཛོད་ཆེན་བཞེས།།

ཁྲ་འབྲུག་ཁུལ་དུ་བཀའ་འདུས་དབང་བསྐུལ་ལུང་བསྟན་ཚོག་གི་ཇོ་ཟུར་ལས།།

ཏྭ་སི་བྱང་ཆུབ་རྒྱལ་མཚན་ཉིད་དང་ཐུགས་ཀྱི་ཆུ་སླུང་སོ་སོར་བཞུར།།

ཨེ་ཡུལ་བརྒྱུད་དེ་དྭགས་པོར་ཕེབས་པའི་ལམ་ན་སྐུ་ཡི་མེ་ཏོག་ཡལ། །
སྐུ་གདུང་རིན་ཆེན་ཟ་མ་ཏོག་གང་དྭགས་པོས་དྭགས་པོའི་ཡུལ་དུ་དྲངས། །
སྐུ་རབས་སྡེ་པ་ལས་ཅན་ཞིག་གིས་སྐྱེ་བདུན་མྱོང་གྲོལ་ཡིན་པར་ཤེས། །
སྐུ་ཤ་ཙུང་ཟད་ཞུས་ནས་མྱངས་པས་སྡེ་པར་ཉམས་འབར་ས་ལས་འཕགས། །

སྲིད་སྐྱོང་དེ་མོའི་ཐུགས་བསྐྱེད་ཤིང་རྟས་སྐུ་གདུང་ཉིན་བྱེད་གཟི་འབར་བ། །
བན་ཚང་དབང་ཕྱོགས་ས་འཛིན་སྤོ་ཏུ་དྲངས་ནས་དེ་ན་བཞུགས་སུ་གསོལ། །
དེ་ལས་ལོ་ལོར་ལུག་གི་མཆིན་པའི་ཆེ་ཆུང་ཙམ་ཞིག་ཞུས་དང་ལྡན། །
བྱིན་རླབས་བདུད་རྩིས་བརླན་པའི་སྨན་གྱིས་འགྲོ་ཕན་སྤྲང་ཆར་ཟིལ་མ་ཕབ། །

ར་མོ་སྨན་ཆུ་ཁ་ན།

ཡར་ལྷ་ཤམ་པོའི་བྱང་ཤར་འདབས་ཀྱི་ར་མོ་སྨན་གྱི་ཆུ་ཁ་ན།།
གཏེར་སྟོན་ནོར་བུའི་དོ་ཤལ་ཁྲིད་ཀྱི་མུ་ཏིག་དཀར་པོ་རྫོག་གཅིག་དང་།།
ཚེ་རིག་འཛིན་པའི་རྒྱ་སྐར་དབུས་ཀྱི་ཐོ་རེངས་སྐར་ཆེན་གཅིག་ཕྱུ་སྐྱེ།།
ར་མོ་ཤེལ་སྨན་ཤེལ་གྱི་མདངས་ཅན་འགྲོ་བ་ནད་པའི་དཔལ་དུ་བྱོན།།

ན་ཚོད་དར་ཐག་སྤྲ་མོའི་དུས་ནས་ཇོགས་པ་ཆེན་པོའི་ཆོས་ལ་གཞོལ། །
རིམ་གྱིས་ཐོས་པའི་ནོར་བུ་བསགས་ཤིང་བསམ་པའི་ཕྱི་དོར་ལེགས་པར་མཛད། །
ཡར་ཀླུང་ཤེལ་གྱི་བྲག་རིའི་ཕུག་དང་སྨན་ཆུ་འོད་གསལ་ཇོང་ལ་སོགས། །
གནས་དང་གནས་ཆེན་དུ་མའི་བྲག་ནས་ཀླུ་ཇོགས་ཐུགས་ཀྱི་གཏེར་ཁ་བཞེས། །

ཁྱད་པར་གསོ་དཔྱད་རྩིས་སོགས་ནོར་བུའི་གཏེར་ཁ་ཕྲུག་ཏུ་བཞེས་དང་ལྡན། །
ཆུ་བཅོས་འབམ་བཅོས་སྨན་དཀར་སྨན་ནག་སོགས་ལ་མན་ངག་ཁ་ཚར་དང་། །
བཅས་ཏེ་ཕྲུག་ལེན་ཤམ་ཆུ་སྔོན་མོའི་རྒྱུན་ལ་ཙོ་འདྲི་མཛད་པ་ན། །
དེང་ཡང་གཟི་བྱིན་ཉམས་པ་མེད་པ་ལྷམ་མེ་ལྷན་ནེ་ལྷང་ངེར་འབར། །

གཟའ་ཡི་གཙོད་པ་བསྲད་པ།

ཡར་སྟོད་དམར་མོ་མཁའ་འགྲོའི་གནས་སུ་སྐུ་ཡི་ལྷོ་མཚལ་པོ་ཞིང་ཟགས། །
བཅོ་བརྒྱད་པ་ལ་ཞབས་དཀར་བ་ལས་བསྐྱེན་པར་རྫོགས་པའི་དར་ཟབ་བཞེས། །
འདུལ་བའི་གཞུང་ལ་མཁས་པར་བསླབས་ཤིང་ཕྱག་ལེན་དེ་ལ་འབྲེལ་བས་ན། །
གནུབས་ཀྱི་འདུལ་འཛིན་ཆེན་པོ་ཞེས་པའི་མཚན་གྱི་སྙན་པ་གང་སར་འཕུར། །

སུམ་ཅུ་པ་ལ་འབུམ་ཞིང་ཞེས་པར་མ་བརྟགས་ཉམས་དགའ་འཕོར་བ་ཡི། །
ཐག་པ་དུམ་བུ་དུམ་བུར་བཅད་ནས་སྦྲུབ་པའི་གོ་ཆ་ཡང་དག་བགོས། །
དེ་ནས་ཡེ་ཤེས་སེང་གེའི་དྲུང་ལས་སྙིང་པོ་ཕྱག་རྒྱ་ཆེན་པོ་དང་། །
ཁྱད་པར་སྙན་བརྒྱུད་ངོ་སྤྲོད་ཐབས་ལམ་ནཱ་རོའི་ཆོས་དྲུག་ལ་སོགས་གསན། །

སོ་བརྒྱད་པ་ལ་གཡའ་བཟང་བཏབ་ཅིང་གང་སར་ཆོས་ཀྱི་འཁོར་ལོ་བསྐོར། །
གཡའ་བཟང་བཀའ་བརྒྱུད་ནོར་བུའི་མཛོད་ཀྱི་སྒོ་མོ་དང་པོ་འདི་ནས་ཕྱེས། །
སྒོས་སུ་ནཱ་རོ་ལ་ཡི་སྒྲུབ་པས་ཁྱབ་འཇུག་ཆེན་པོ་མཉེས་བྱས་ནས། །
མན་ངག་ནོར་བུའི་གཏེར་ཆེན་བཏོད་དེ་གཟའ་གནོད་རྒྱ་མཚོའི་ཕ་མཐར་བསྐྲད། །

གཏམ་སྙན་དྲིལ་བུ་གསན་པ།

མཁར་ལ་སྤྲ་བ་ཡུམ་བུ་བླ་མཁར་ཞེས་པའི་མཚན་གྱི་མེ་ཏོག་ནི།།

ཕྱོགས་ཀྱི་བུ་མོའི་རྣ་ལུང་མཛེས་པའི་རྒྱན་གྱུར་ཕོ་བྲང་ཆེན་པོའི་འདབས།།

མི་འཇིགས་སེང་གེས་བརྟེགས་པར་བྱས་པའི་འོད་འབར་ནོར་བུའི་ཁྲི་སྟེང་ན།།

ས་པཎ་ཐུགས་བསྐྱེད་ཆུ་འཛིན་གླིང་ལས་ཆོས་འཁོར་སྒྲང་ཆར་འབེབས་དུས་སུ།།

འགྲོ་མགོན་འཕགས་པའི་དུང་ཟླ་ཆོས་པའི་གཏམ་གྱི་དྲིལ་བུ་གསན་པ་ན།།
ས་སྐྱ་པཎ་ཆེན་ཐུགས་ཡིད་མཉེས་ནས་གཏམ་འདི་ཤིན་ཏུ་སྙན་ནོ་ཞེས།།
གསུངས་པས་ཆོས་ཀྱི་འཁོར་ལོ་བསྐོར་སའི་རིན་ཆེན་ཁྲི་འཕང་དེ་ལ་ཡང་།།
གཏམ་སྙན་བཞུགས་ཁྲི་ཞེས་པའི་འབྲུག་སྒྲ་དེང་ཡང་ཆར་སྤྲིན་གསེབ་ནས་གྲགས།།

སྙད་ཆར་བཞུགས་ཁྲི་དེ་ཡི་སྟེང་ནས་ས་པཎ་གསེར་གྱི་ཉི་མ་ཡིས།།
ཆོས་འཁོར་མཛད་པ་འོད་ཀྱི་ཟེར་ཕྲེང་བྱེ་བ་ཁྲག་ཁྲིག་འགྱེད་པ་ན།།
སློབ་ཚོགས་དབྱར་གྱི་མཁའ་ན་འཁྲིགས་པའི་ལང་ཙོང་ཆུ་འཛིན་ཟླར་གྱུར་ཅིང་།།
གདུལ་བྱའི་མ་རིག་སྨག་གི་མུན་པ་མཐའ་ཀླས་རྒྱ་མཚོའི་ཕ་མཐར་སྤྱུགས།།

མཚར་སྙེང་ལྷ་ཁང་དང་ཀུ་མ་རཱ་ཛ།

གཡོ་རུ་འོན་གྱི་བར་གསར་གནས་སུ་སྐུ་ཡི་ལྷེ་བའི་མཚལ་ཐིགས་ལྷུང་། །

ཆུང་ངུའི་དུས་ནས་དད་བརྩོན་སྙིང་རྗེ་ཤེས་རབ་ནོར་གྱིས་ཐུགས་རྒྱུད་ཕྱུག །

བཅུ་གཉིས་པ་ལ་རབ་ཏུ་བྱུང་ཞིང་འདུལ་བའི་གནས་ལ་ལེགས་པར་བསླབས། །

རྨི་ལམ་ནང་ནས་ཐུགས་རྗེ་ཆེན་པོ་གུ་རུ་པད་འབྱུང་ལ་སོགས་མཇལ། །

གྲུབ་ཐོབ་ཆེན་པོ་མི་ཡོང་རྡོ་རྗེས་དབུས་པའི་སྐྱེས་ཆེན་རྒྱ་མཚོ་ལས།།
ཁྲིད་དང་གདམས་པ་མང་དུ་གསན་ཏེ་ཐེ་ཚོམ་སྒྲོ་འདོགས་ལྷག་མེད་བཅད།།
ཡི་དམ་ལྷ་ཚོགས་མང་པོའི་ཞལ་གཟིགས་ཤེས་རབ་ལུས་སྟོབས་ཕྱོགས་མེད་རྒྱས།།
ཡར་མོ་གླུང་གི་གཡུ་ཡི་གཞོང་པར་མཚར་སྡིང་གསེར་གྱི་ཕྲ་རྒྱན་བཏབ།།

ངེས་འབྱུང་བདུད་རྩིས་ཐུགས་རྒྱུད་བརླན་པས་རྟག་ཏུ་ཤམ་པོ་གངས་རྭ་སོགས།།
མི་མེད་དབེན་པའི་ལུང་སྟོང་ཁོ་ན་འགྲིམས་ཤིང་གྲོགས་སུ་བསྟེན་བྱས་ནས།།
ཀུན་མཁྱེན་ཆེན་པོ་ཀློང་ཆེན་ཞབས་དང་ཀརྨ་རང་བྱུང་རྡོ་རྗེ་སོགས།།
སྐྱེས་ཆེན་ཉི་ཟླ་སྐར་ཚོགས་བསྐྱངས་ཏེ་གངས་རིའི་མཁའ་དབྱིངས་དོག་པོར་བྱས།།

ཐང་སྟོང་རྒྱལ་པོ་དང་སྤུན་བདུན་ལྷ་མོ།

ལ་སྟོད་བྱང་མའི་རིན་ཆེན་སྤྱིངས་ན་ལྷེ་ཁྲག་འཕོ་བའི་གྲུབ་ཆེན་ཞིག།
ཁྱབ་གདལ་ཆེན་པོའི་ཐང་ཆེན་སྟེང་གི་སྟོང་ཉིད་རྟོགས་པའི་རྣལ་འབྱོར་ཞིག།
པདྨ་ནྡ་གའི་མདངས་ལ་འཕྲུ་བའི་བཞིན་རས་སྨུག་ལྷན་ཏས་པོ་ཞིག།
དཀར་པོ་དུང་གི་མདོག་ལ་འགྲན་པའི་ཐོར་ཚུགས་ཅན་གྱི་དྲང་སྲོང་ཞིག།

གངས་རིའི་ཡུལ་གྱི་སྐར་མའི་གྲངས་ལྡན་འགྲོ་བ་སེམས་ཅན་ཇི་སྙེད་པ།།

ལང་ཡོང་ཐ་ཏླབས་མཁའ་ལ་འཕྱུར་བའི་གཙང་པོའི་རྒྱ་ལས་སྒྲོལ་བའི་སྐད།།

སྤྱར་མེད་ལྷུགས་ཐག་ཟམ་པ་བསྐྲུན་པའི་ཐུགས་བསྐྱེད་མི་རྟ་འབར་བ་ན།།

ལྷུགས་རིགས་འཚོལ་དུ་ཁ་བ་ཅན་གྱི་ཡུལ་ལུང་གང་སར་བྱ་ལྟར་སྨྱུལ།།

ལྷུགས་ཟམ་བསྐྲུན་པའི་མཐུན་རྐྱེན་སྐད་དུ་འཕྲོངས་པོའི་ཡུལ་ན་ཞབས་ཀྱིས་བཅགས།།

གཅེན་གཅུང་བདུན་ལ་ཐུན་མོང་མིན་པའི་གླུ་དང་གར་གྱི་སྒོ་མོ་ཕྱེས།།

མཚར་སྡུག་ཉམས་འགྱུར་གང་ལ་བལྟས་ཀྱང་ནམ་མཁའི་ལྷ་མོར་མཚུངས་པས་ན།།

མི་ཚོས་ཨ་ཅེ་ལྷ་མོ་ཞེས་པའི་སྙན་པའི་བ་དན་དབུ་ལ་བསྒྲོན།།

ཀུ་མ་རཱ་ཛ་དང་ཀློང་ཆེན་རབ་འབྱམས།

ཁ་བ་ཅན་ན་འཛམ་དབྱངས་རྣམ་གསུམ་ཞེས་སུ་གྲགས་པའི་ཡ་གྱལ་ཏེ།།
མདོ་སྔགས་གཞུང་ལུགས་ཆུ་བོ་མ་ལུས་ཟབ་ཡངས་ཐུགས་ཀྱི་རྒྱ་མཚོར་ཆུད།།
འཆད་རྩོད་རྩོམ་པའི་མཛད་པའི་བ་དན་བསླལ་བ་མེད་པར་རྟག་ཏུ་བསྒྲེངས།།
གཞན་ཕན་འཕྲིན་ལས་འོད་ཟེར་ཆེན་པོ་ཕྱོགས་བཅུར་སྤྲོ་བའི་ཀུན་མཁྱེན་དེས།།

སྲིད་པའི་གངས་རི་ཡར་ལྷ་ཤམ་པོའི་ཆུ་ལྷའི་ཕྱོགས་ཀྱི་ཕང་བ་ན། །
སློབ་དཔོན་ཆེན་པོས་སྒྲུབ་པའི་རྒྱལ་མཚན་སྒྲེང་བའི་ཕུག་པའི་གཡས་ཕྱོགས་ན། །
ཕྱིན་རླབས་བདུད་རྩི་འོད་དུ་འཛག་པའི་རང་བྱུང་སྤྲུལ་བུའི་ནང་ཤེད་ན། །
རྟག་ཏུ་སྒྲུབ་པ་སྙིང་པོར་མཛད་པའི་རིག་འཛིན་ཀུ་མ་ར་ཛའི་དྲུང་། །

འོད་གསལ་རྫོགས་པ་ཆེན་པོའི་གདམས་པ་གངས་སེང་དཀར་མོའི་འོ་མ་འདམ། །
སྣོད་གཙང་ཤམ་ཆུ་སྔོན་མོའི་རྒྱན་བཟང་མ་ལུས་རྟུབ་ཀྱིས་བཏུང་བ་ན། །
མཁས་པའི་མཆོག་གྱུར་ཀ་དག་འབྲས་བུ་བླ་ན་མེད་པར་དབང་འགྱུར་ནས། །
རིག་འཛིན་ཆེན་པོ་རབ་ཏུ་དགྱེས་ཏེ་ཀློང་ཆེན་རབ་འབྱམས་ཞེས་སུ་བཏགས། །

འགོས་ལོ་གཞོན་ནུ་དང་དེབ་ཐེར་སྔོན་པོ།

རྒྱལ་པོའི་བསྟན་གྱི་དྲི་མ་ལྷག་མེད་དྭངས་བར་བྱེད་ནུས་སྨན་རྩྭའི་ཕུལ།།

བལྟམས་པའི་ཡུལ་ལུང་རྒྱལ་སྨན་ཞེས་གྲགས་སྨན་པའི་དར་དཀར་གཡོ་བ་ན།།

འགོས་ཀྱི་རིགས་སུ་སྐྱེ་བའི་ཟློས་གར་བསམ་བཞིན་བཞེས་པའི་གཞོན་ནུ་ཞིག།

རྒྱ་བལ་ཡུལ་གྲུ་འགྲིམས་པར་མ་བྱས་ལོ་ཙྪའི་ལས་ལ་འགྲན་ཟླས་དབེན།།

རྒྱ་སྐར་ཚོམ་བུའི་གྲངས་ལ་འགྲན་པའི་སྐྱེས་ཆེན་མང་པོའི་ཞབས་ལ་གཏུགས། །
རྒྱ་མཚོ་ཆེན་པོའི་ཟབ་ཡངས་ཀློང་དུ་རིས་མེད་ཐོས་བསམ་གྲུ་ལ་ཞུགས། །
དགོས་འདོད་ཐམས་ཅད་ཆར་དུ་འཛོ་བའི་ནོར་བུའི་མཛོད་ལ་མངའ་དབང་བརྙེས། །
འཆད་རྩོད་རྩོམ་པའི་ཉིན་བྱེད་འོད་ཀྱིས་བསྟན་པ་རིན་ཆེན་གསལ་བར་མཛད། །

གང་ཐུགས་ཆུ་གཏེར་ཆེན་པོའི་ཀློང་ཡངས་ལེགས་པར་བསྒྲུབས་ལས་བལྟམས་པ་ཡི། །
ཁུངས་བཙུན་གཟི་བྱིན་འོད་དུ་འབར་ཞིང་དཔྱད་གཞིའི་ཟེར་ཕྲེང་འཕྲུམ་དང་ལྡན། །
ལོ་ཚིགས་གཞན་ལས་གསལ་ཁ་དོད་པའི་སྟར་མེད་དེབ་ཐེར་སྔོན་པོ་ནི། །
གངས་ཅན་གནའ་བོའི་ལོ་རྒྱུས་ཡིག་ཆ་སྐར་ཚོགས་ཁྲོད་ཀྱི་ཉི་ཟླ་ཡིན། །

གཙང་སྨྱོན་ཧེ་རུ་ཀ་དང་གནས་མཆོག་རས་ཆུང་ཕུག

གཅེར་བུའི་སྐུ་ལ་གཡང་གཞི་གསོལ་ཅིང་རྒྱུ་མ་རྣོན་པ་ག་ཤར་བྱས།།
རུས་རྒྱན་ཐོད་པ་ཀང་གླིང་ཁ་ཊཾ་ལ་སོགས་ལུས་ལ་འཆང་བྱས་ནས།།
ཧེ༔རུ་ཀ་ཡི་ཆ་བྱད་ལ་བརྟེན་གྲོང་དང་དུར་ཁྲོད་གང་སར་མྱུལ།།
ཐོ་ཅོའི་སྤྱོད་པ་སྣ་ཚོགས་མཛད་པས་གཙང་སྨྱོན་ཞེས་སུ་ཀུན་གྱིས་འབོད།།

བྱིན་རླབས་བདུད་རྩི་འོད་དུ་ཞུ་ནས་མཚོ་རུ་འཁྱིལ་བའི་གནས་མཆོག་སྟེ།།

རས་ཆུང་པ་ལ་སྒྲ་དབྱངས་ལྷ་མོ་ཞལ་གཟིགས་བྱུང་བའི་ཕུག་པ་དེར།།

གང་གིས་སྒྲུབ་པའི་རྒྱལ་མཚན་བསྒྲེངས་ཤིང་གདན་ས་ཡུན་གྱིས་བསྐྱངས་པ་ན།།

ལོངས་སྤྱོད་འཁོར་ལོའི་རྩ་མདུད་གྲོལ་ནས་མི་ལའི་རྣམ་ཐར་གླུ་རུ་བླངས།།

དེ་ནི་འཛམ་བུ་ནྣ་དས་མཚན་པའི་གླིང་འདིའི་རྩོམ་རིག་སྐར་ཚོགས་དབུས།།

དོན་གྱི་ཆ་ཤས་ཡོངས་སུ་རྫོགས་པའི་ཆོས་ཆེན་བཅོ་ལྔའི་ཟླ་བ་སྟེ།།

ཚིག་གི་བདུད་རྩིའི་འཛམ་ཆར་དྭངས་མོ་ཀུན་ནས་འཛོ་བའི་ཆུ་འཛིན་དང་།།

སྨག་ནག་ཡོལ་བ་ཚལ་བུར་གཤགས་པའི་འཛམ་དབྱངས་གཞོན་ནུའི་རལ་གྲི་ཡིན།།

བཀྲ་ཤིས་ཚེས་སྨེ་དང་མགོན་པོ་བསོད་ནམས་མཆོག་ལྡན།

མདོ་དང་རྒྱུད་སྡེའི་ཆ་ཤས་ཡོངས་རྫོགས་བཤད་སྒྲུབ་དྲི་མེད་འོད་དཀར་གྱིས། །
ཐུབ་བསྟན་ཀུནྡ་བཞད་པའི་དཔལ་ལྡན་ས་སྐྱའི་རིང་ལུགས་ཉ་གང་ཟླ། །
ཡར་མོ་གླུང་འདིར་བསོད་ནམས་ཞིང་དུ་སྨིན་པའི་དགོན་སྡེ་ཆེ་ཤོས་ཏེ། །
བཀྲ་ཤིས་ཚེས་སྨེ་ཞེས་པའི་སྔན་པས་ས་གསུམ་ཁྱོང་པ་བཀང་བར་བྱས། །

ཚོགས་ཀྱི་བདག་པོའི་ཤངས་རྩེའི་ཞགས་པ་རིང་དུ་བརྒྱངས་འདྲའི་འགྲམ་ངོགས་ན།།
ཁྱིན་རླབས་འཁྲུམ་ཀྱི་ཟིལ་མངར་འཛོགས་པའི་འདབ་རྒྱས་པདྨའི་གདན་ས་གང་།།
ཚར་ཆེན་བློ་གསལ་རྒྱ་མཚོ་ལ་སོགས་སྤྲུལ་རབས་མུ་ཏིག་ཕྲེང་བ་ཡིས།།
གདམས་ངག་ཆུ་བོ་གཅིག་ཏུ་བསྒྲིལ་ནས་རབ་གཙང་ཆབ་ཀྱི་ཐིང་བུར་བྱས།།

སྒོས་སུ་གངས་རིའི་ཉི་མ་གཅིག་པུ་ལྷུ་པ་ཆེན་པོའི་དབུ་རྩེ་ན།།
ཚར་ལུགས་ལམ་འབྲས་གསེར་ཆོས་བཅུ་གསུམ་མགོན་པོ་ཆེ་ཆུང་གདམས་ངག་སོགས།།
རིགས་ལྷའི་ཚུལ་དུ་སྒྲོན་པར་བྱེད་པའི་མགོན་པོ་བསོད་ནམས་མཆོག་ལྡན་ནི།།
གནས་འདིའི་གྲགས་པ་ཕྱོགས་སུ་སྒྲོག་པའི་སྤྲིན་གསེབ་གཡུ་འབྲུག་སྔོན་མོ་ཡིན།།

ཡར་ལྷོ་གྲགས་པ་རྒྱལ་མཚན།

སྐུ་ཡི་ལྷེ་མཚལ་ཡར་མོ་གླུང་གི་གཡུ་གཞོང་སྟོན་པོའི་མཐིལ་དུ་ཟགས། །
བོ་དོང་དགོན་ན་ཆོས་སྐོར་ཞུགས་ཤིང་སྤོམ་པའི་གོས་བཟང་རིམ་གྱིས་ནོད། །
མདོ་སྔགས་རིག་གནས་ཆུ་གཏེར་གཤགས་ཏེ་ནོར་བུའི་མཛོད་ལ་བདག་གིར་བྱས། །
བོ་དོང་ཆོས་སྡེའི་མཁན་པོའི་ཁྲི་དང་གུ་གེ་རྒྱལ་པོའི་གཙུག་ན་འཁྲིངས། །

དཔལ་པོའི་མཐིལ་དང་འཕགས་པའི་ཡུལ་གྱི་རི་སྐྱུང་དཀར་བ་སྤྱད་དེ་འཁྲིམས།།
པཎ་གྲུབ་མང་པོའི་ཞབས་ཀྱི་པདྨོ་སྤྱི་གཙུག་མཐོན་པོའི་རྒྱན་དུ་བཀོད།།
མདོ་རྒྱུད་གཞུང་ལུགས་གཏྣའི་རྒྱུན་བཟང་བློ་ཡི་རྒྱ་མཚོར་རུབ་ཀྱིས་དྲངས།།
ལེགས་སྦྱར་སྐད་དང་ཡི་གེའི་ནམ་འཕང་འཕུར་ རླབས་གཅིག་གིས་ཡུད་ལ་བཅད།།

གཤིན་རྗེའི་གཤེད་དམར་སྒྲུབ་ཐབས་ཀུན་བཏུས་ནག་པོ་ཞབས་ཀྱི་རྡོ་རྗེའི་སླུ།།
འཆི་མེད་མཛོད་དང་རིན་ཆེན་འབྱུང་གནས་འཛིག་རྟེན་ཀུན་ཏུ་དགའ་སློས་སོགས།།
ཉིས་བརྒྱ་དོན་གཉིས་གྲངས་དང་ལྡན་པའི་ཆོས་ཚན་མུཏྟིག་ཡི་རྗོག།
བསྒྱུར་ནས་དོ་ཤལ་ཉིད་དུ་བྱས་པ་བཀའ་བསྟན་འགྱུར་གྱི་མཛོད་ལ་བསྣན།།

ཏ྄་སི་བྱང་ཆུབ་རྒྱལ་མཚན།

གཡུ་འབྲུག་སྔོན་མོས་ངར་ཆུ་སྤྲུད་ཅིང་སེང་གེ་དཀར་མོས་ནུ་མ་བསྣུན། །

ཐང་དཀར་རྐོད་པོས་གཞོག་པ་བཀབ་ཅིང་འདབ་ཆགས་གཅན་གཟན་རི་དྭགས་ཁྱུས། །

ཀུན་ནས་བསྐོར་བའི་འཇའ་ཚོན་སྣ་ལྔའི་འོད་ཀྱི་གུར་ཁང་ཕུབ་པའི་དབུས། །

ཀླངས་ཀྱི་གཙུག་ཕུད་མཁའ་ལ་འཕྱུར་བའི་གདུང་ལས་ཐོན་པའི་སྐྱེས་བུ་ཞིག །

ཆུང་ངུའི་དུས་ནས་ཆོས་སྲིད་རིག་པ་ཆུ་གཏེར་ཆེན་པོའི་ཀློང་ལ་རྒྱལ།།

མི་འཛིགས་སྙིང་སྟོབས་མགར་ཁྱུང་ནང་ནས་སྦྱངས་པའི་གོ་ཆ་ལུས་ལ་བགོས།།

འགལ་རྐྱེན་གཡུལ་འཐབ་ཆར་ལྷུང་ཁྲོད་ནས་རྣམ་པར་རྒྱལ་བའི་བ་དན་བསྒྲེངས།།

ཕག་མོ་གྲུ་པའི་སྲིད་ཀྱི་ཉི་ཟླ་གདངས་སྔོངས་མཁའ་དབྱིངས་མཐོན་པོར་དྲངས།།

སྲིད་འཛིན་སྒྲིག་གཞི་བསྐྱར་དུ་བཅོས་ནས་རྫོང་ཆེན་བཅུ་གསུམ་གསར་དུ་བཙུགས།།

ཁྲིམས་ཀྱི་གོ་ཆ་བཙན་དུ་བཏང་ནས་ཞལ་ལྕེ་བཅོ་ལྔ་གཏན་ལ་ཕབ།།

དཔལ་འབྱོར་རིག་གནས་སྨོན་པ་ཆེན་པོར་སྤར་མེད་ལོ་འདབ་རྒྱས་འགོ་ཚུགས།།

ཡུལ་ལུང་བདེ་བའི་དར་དཀར་ཡུག་གིས་རྐན་མོ་གསེར་ཁྱུར་ལོ་ཟླ་བརྗོད།།

སྨན་སྡེ་གྲགས་པ་བྱང་ཆུབ།

དགུང་ལོ་བཞི་ནས་གློག་ཡིག་སྦྱངས་ཤིང་དེ་རྗེས་བརྟག་གཉིས་གསན་སྦྱོང་མཛད།།
ཆོས་དྲུག་ཁྲིད་སོགས་གསན་དང་ལྷན་ཅིག་བཤད་པའི་ཚར་ཟླིམ་རྒྱ་ཆེར་ཕབ།།
ཀླངས་ཀྱི་གདུང་རྒྱུད་སྤེལ་བའི་ཞལ་ཏ་ཐོས་འཛིན་རྒྱལ་གྱི་ཀླུང་ལ་བསྐུར།།
མཁན་སློབ་དྲུང་ནས་རབ་བྱུང་བསྙེན་རྫོགས་སྡོམ་པའི་ཚོད་པཎ་རིམ་གྱིས་མནོས།།

སྒྲུབ་བརྒྱུད་བསྟན་པའི་རྒྱལ་མཚན་འཛིན་བཞིན་ཉི་ཟླ་ཡོང་ནས་འབར་བའི་གཟིགས།།
སྲིད་འཁོར་མཐོན་པོར་སྐྱོན་པའི་སྨག་ནག་རིང་ནས་ཡལ་བར་གྱུར་ན་ཡང་།།
བླ་མ་དམ་པའི་བཀའ་ཡི་ཙོད་པཎ་གྲོས་དབང་རྣམས་ཀྱི་རེ་བའི་གདུགས།།
ནན་གྱིས་བཙུགས་པ་བསྐྱུར་བར་མ་བཟོད་བླ་དཔོན་སྤྲགས་མ་ལོ་བརྒྱད་མཛད།།

ཚེ་ཟླར་སྲོག་གཅོད་སྲོང་དུ་འཇུག་སོགས་ཆོས་ལྡན་རྒྱལ་པོའི་རྣམ་ཐར་བསྐྱངས།།
བཤད་དང་སྒྲུབ་པའི་རྒྱལ་མཚན་བསྒྲེངས་ནས་བསྟན་པའི་མིག་རྒྱན་ཉིད་དུ་མཛད།།
གངས་ཅན་མཁས་པའི་གཙུག་རྒྱན་ཆེན་པོས་ཉིད་ཀྱི་ཞབས་ལ་གཏུགས་པའི་ཚེ།།
མི་འཁྲོག་དད་པ་ཚད་མེད་འཁྲུངས་ནས་རྟོགས་བརྗོད་ལྷུན་པོ་སྤྲུ་ཙ་བླངས།།

དབང་གྲགས་པ་རྒྱལ་མཚན།

དགུང་ལོ་བདུན་པར་རབ་ཏུ་བྱུང་ཞིང་བརྒྱད་པར་རྩེད་ཐང་གདན་སར་ཕེབས། །
བསྙེན་བཙོས་ཚད་མ་རྣམ་འགྲེལ་གསུངས་ནས་མཁས་པའི་གྲགས་པ་མཁའ་ལ་འཕུར། །
བཅུ་གཉིས་པ་ལ་ཐེལ་དུ་ཕེབས་རྗེང་ཕག་གྲུའི་སྲིད་ཀྱི་ཁྲི་ན་འཛོགས། །
ཏཱ་སི་ཆེན་པོས་དབང་གི་འཇའ་ས་སྤྱི་གཙུག་མཛོས་པའི་རྒྱན་དུ་བསྐལ། །

གང་གི་ལུགས་གཉིས་མཁྱེན་པའི་སྨྲ་མོ་ནམ་མཁའི་མཐའ་ལ་བཅས་དང་ལྡན། །
འོག་གི་དཔོན་རིགས་ཤེས་ཡོན་ལྡན་ལ་ཞབས་འགྱུར་ལྷག་བསམ་རྒྱ་མེད་པས། །
ཕག་གྲུའི་སྲིད་ཀྱི་རྒྱ་མཚོ་ཆེན་པོ་མཐའ་ལ་ལུད་པའི་རྟེན་འབྱུང་ལས། །
མངའ་ཐང་རྩེ་མོ་དགུང་ལ་སོན་པའི་བྱུང་བའི་རི་མོ་ས་ལ་བྲིས། །

གངས་རིའི་ལྗོངས་ཀྱི་དཔལ་འབྱོར་རྒྱ་མཚོར་སྔར་མེད་འཕེལ་ཁའི་ཐ་རླབས་འཕྱུར། །
གངས་རིའི་ལྗོངས་ཀྱི་རིག་པའི་ལྗོན་པར་སྔར་མེད་ལོ་འདབ་གསར་པ་འབྲུངས། །
གངས་རིའི་ལྗོངས་ཀྱི་ནོར་འཛིན་སྙིག་མོར་སྔར་མེད་འཇུགས་སྐྱུན་མེ་ཏོག་འཇུམ། །
ཀུན་ཀྱང་སྔར་མེད་འོད་ཀྱིས་གང་བའི་རྫོགས་ལྡན་གསར་པའི་ཉི་མར་སྙེག །

པཙ་ཆེན་བསོད་ནམས་གྲགས་པ།

གདོང་དམར་མེས་པོ་དགྱེས་པར་རྩེན་པའི་ཕྱིན་རླབས་ཅན་གྱི་གནས་མཆོག་ན། །
ལྷེ་བའི་མཚལ་ཐིགས་ས་ལ་ཟགས་པའི་ལྷོ་རྒྱུད་སེང་ཕྲུག་གཞོན་ནུ་ཞིག །
ན་ཚོད་སྨུ་གུའི་དུས་ནས་བཟུང་སྙེ་ཚུལ་ཁྲིམས་ངད་པ་ཕྱོགས་སུ་འཕྲུལ། །
སྲུ་མཁྱེགས་གོ་ཆ་ལུས་ལ་བགོས་ནས་ཆོས་གྲྭའི་རི་གླུང་གང་སར་འགྲིམས། །

རྩལ་དྲུག་ཡོན་ཏན་ཀུན་ནས་ཚང་བའི་གངས་སེང་དཀར་མོའི་སྐྱུ་ལུས་ལས།།
མདོ་སྨུགས་ཉུ་ཞོ་ཡུན་གྱིས་གཞིབ་པས་བློ་གྲོས་ལུས་སྟོབས་ཡོངས་སུ་རྫོགས།།
དགའ་ལྡན་ཁྲི་ཡི་གངས་དཀར་སྤོ་ལ་ཞབས་ཀྱི་པདྨོ་བཀོད་པ་ན།།
འཕྲིན་ལས་འོད་ཟེར་མཁའ་ལ་འབར་ནས་ཉིན་བྱེད་བཞིན་རབ་མོག་པོར་བཏང་།།

འཆད་པ་སྤྲང་ཆར་ཟེམ་བུའི་བདུད་རྩིས་ཁྲི་འབུམ་མི་ཏོག་དགོད་པར་བྱས།།
རྩོད་པ་སེང་གེའི་སྒྲར་ཁྲིམ་གཅིག་གིས་ཕས་རྒོལ་གླང་པོའི་སྤྱི་བོ་འགེམས།།
རྩོམ་པ་སྤྲང་རྩི་མངར་མོའི་རོ་དང་བ་མཆོག་སྟོང་གི་འོ་མ་ཡིས།།
དོན་གཉེར་ནམ་མཁའི་སྐར་ཚོགས་རྣམས་ཀྱི་བློ་གྲོས་ལུས་སྟོབས་རྒྱས་པར་མཛད།།

ལྷ་བ་ཆེན་པོ།

མཁྱེན་བརྩེའི་མངའ་བདག་སློབ་དཔོན་དམ་པ་མཐོན་པོའི་གཙུག་གི་རྒྱན་དུ་བཀུར།།

གཏིང་མཐའ་བྲལ་བའི་རྒྱ་མཚོའི་གླིང་ནས་རིས་མེད་ནོར་བུ་ཕྲུག་ཏུ་བཞེས།།

ཛྷུ་བག་ན་བཟའ་ཚལ་བུར་དབྲལ་ནས་དུ་ཀུ་ལ་ཡི་གོས་བཟང་མནབས།།

ཚངས་སྲས་སྙིག་མའི་སོར་རྩེ་གཡར་ཏེ་རྒྱུད་དྲུག་པི་ཝང་བར་མེད་བརྡུངས།།

བསོད་ནམས་མེ་ལྕེ་མཁའ་ལ་མཆེད་ནས་གསེར་གྱི་འཁོར་ལོ་ཕྱུག་ཏུ་སོན།།
གངས་རིའི་དོ་ཤལ་རིང་མོས་སྐྱིག་པའི་སྨན་ལྗོངས་ཆེན་མོ་དབང་དུ་བསྒྱུར།།
ཆོས་སྲིད་ཉི་མ་ཟླ་བའི་ནོར་བུ་བརྩེ་བའི་དར་ཐག་འཛམ་པོས་བསྐྱངས།།
གངས་ལྗོངས་བདེ་ཅན་ཞིང་ལ་བྱེད་པའི་འཁོར་བསྒྱུར་མཛད་པ་དང་དུ་བཞེས།།

དེ་ནི་འཕྱིང་བ་སྟག་རྩེའི་ཕོ་བྲང་གྲུམ་པའི་ཤུལ་ན་བརྙམས་པ་ཡི།།
ལྷམ་མེ་ལྷན་ནེ་ལྷང་ངེར་འབར་བའི་གསེར་གྱི་ཉི་མ་ཆེན་པོ་ཞིག།
དེ་ནི་དམར་པོ་རི་ཡི་རྩེ་ན་སྲ་མཁྲིགས་རྫོ་རྫེའི་ཕོ་བྲང་ཆེ།།
བརྩིགས་པའི་ཟེར་ཕྲེང་ཀུན་ནས་སྤྲོ་བའི་དངུལ་གྱི་ཟླ་བ་དཀར་པོ་ཞིག།

དར་མོ་སྨན་རམས་པ།

གཡུ་སྒྲ་སྙིང་པོའི་མུ་ཏིག་དོ་ཤལ་ས་ལ་ཐོར་བའི་རྗོག་པོ་སྟེ།། །

ཤམ་པོ་གངས་ཀྱི་རྭ་བའི་འདབས་སུ་ལྷེ་ཁྲག་འཕོས་པའི་སྐྱེས་བུ་ཞིག །

ལྷ་ལྡན་སྐྱིད་ཚལ་གླུ་སྒྲུག་གླིང་དུ་སློབ་གཉེར་དབུ་ཕྱུད་བྱིས་པ་ནས། །

རིམ་གྱིས་འབྲས་སྤུངས་ཕོ་བྲང་ཉུབ་མའི་གསོ་རིག་འགྲོ་ཕན་གླིང་དུ་ཆས། །

གསོ་དཔྱད་ཀྱིས་གཙོས་རིག་པའི་གནས་ཀྱི་ཆུ་གཏེར་སྒྲོང་ཡངས་རྒྱལ་གྱིས་གཤགས། །
སྨན་རམས་ཆེན་པོའི་མཚན་གྱི་སྙན་པ་དར་དཀར་རིང་མོས་སྐུ་ལུས་བསྐུབས། །
གཞན་གྱི་བཅུད་ལྡན་ཟས་མཆོག་མིད་ནས་རང་གི་ཁོ་ལག་ཆེ་རུ་བསྐྱེད། །
མགོ་ནག་མི་ཡི་ཕུང་པོ་གཤགས་ནས་རུས་དུམ་གྲངས་ཀའི་སྒྲོག་བརྙན་སྟོན། །

ལྷ་པ་ཆེན་པོའི་ཀླ་སྨན་སྤྲོག་ཞུ་ཉིད་ཀྱི་དབུ་ལ་རྒྱན་དུ་བཞེས། །
ཤར་ཆེན་ལྕོག་གི་སློབ་དཔོན་ཆེན་པོའི་ན་བཟས་སྐུ་ལུས་ཀུན་ནས་བསྐུབས། །
འཆད་རྩོད་རྩོམ་པའི་སྤྲང་ཆར་ཟིལ་མས་གསོ་རིག་བསྟན་པའི་པདྨོ་བསྐྱངས། །
སྙན་པར་གྲགས་པའི་གཡུ་འབྲུག་གད་རྒྱངས་ཕྱོགས་ཀྱི་བུ་མོའི་མཁའ་ན་ལྡིར། །

འཕྱོངས་རྒྱས་ལྷ་བ་སྒྲོལ་མ།

འདི་སྐད་བདག་གི་དར་ལུང་ རྣ་བའི་བུ་གར་ཐོས་པའི་དུས་གཅིག་ན། །
མི་ཤིགས་རྡོ་རྗེའི་བྲག་ལ་བཅས་པའི་འཕྱིང་བ་སྟག་རྩེའི་ཞོལ་འདབས་སུ། །
ལྷ་པ་ཆེན་པོ་གསེར་གྱི་ཉི་མ་འཛིག་རྟེན་འདི་ན་བལྟམས་སའི་ངོགས། །
དཔལ་འཁོར་ཁང་གསར་ཞེས་པའི་ཁྱིམ་ན་སྤར་མེད་མེ་ཏོག་མཚར་ཞིག་འཛུམ། །

དེ་ཚེ་འཕྱོངས་རྒྱས་ལུ་མའི་ལུ་ཆུ་བཙོས་པའི་ཆང་ལས་ཞིམ་པ་དང་།།
འཕྱོངས་རྒྱས་ཤར་རིའི་ཕྲག་ནས་འཛུམ་པའི་སྒེག་ལྡན་ཟླ་བ་སྒྲོལ་མ་ཡང་།།
བཞེངས་པའི་ལྷ་ལས་དེ་བས་མཚར་ཞེས་གྲགས་པའི་དར་ཐག་དཀར་པོ་དེ།།
དྲི་བཞོན་བུ་མོའི་འགྲོས་དང་བསྡེབས་ནས་གང་སར་ལྷབ་ལྷུབ་འཕྱུར་བཞིན་མཆིས།།

ཨ་ཅག་ཟླ་བའི་མཚར་སྡུག་ཕབ་ཀྱིས་བསླལ་བའི་ལོ་ཆང་གར་མ་དང་།།
ཨ་ཅག་ཟླ་བའི་མཉེས་གཉེན་ཆབ་ཀྱིས་བྲན་པའི་ནས་ཆང་བསིལ་མ་དེས།།
ཕོ་གཞོན་སྐར་ཚོགས་གྲངས་ཀྱི་ལུས་སེམས་སྨྱོས་ཅིང་བཟི་བས་མ་ཚད་པར།།
ཡ་གིའི་དགུང་སྔོན་མཐོན་པོའི་དབྱིངས་ཀྱི་འདབ་ལྡན་བྱ་ཡང་བཟི་བར་བྱས།།

ཀུན་མཁྱེན་འཇིགས་མེད་གླིང་པ།

དཔལ་རི་འོད་ཟེར་ཐེག་མཆོག་གླིང་གི་འདབས་ན་ལྟེ་བའི་མཚལ་ཐིགས་ལྷུང་།།
རབ་ཏུ་བྱུང་ཞིང་བསྙེན་པར་རྫོགས་ནས་སྤྲུ་མཁྲིགས་པོ་ཆ་ལུས་ལ་བཞེས།།
ཐུགས་མཆོག་རྡོ་རྗེ་ལ་སོགས་སློབ་དཔོན་སྤྱི་བོའི་གཙུག་ན་གུས་པས་བསྟེན།།
གསང་སྔགས་གསར་རྙིང་རྒྱ་མཚོའི་ཀློང་ལས་ཆོས་བཀའ་མཐའ་ཡས་ནོར་བུ་བླངས།།

སྒྲུབ་པའི་རྒྱལ་མཚན་མཁའ་རུ་བསྒྲེངས་པས་དག་པའི་གཟིགས་སྣང་འབྲུམས་སུ་ཀླུས། །
མི་མིན་རང་སྣང་སྟོན་པའི་ཕ་ཕོག་ཐོབ་ནས་མགྲིན་པའི་རྩ་མདུད་གྲོལ། །
འཕགས་ལམ་ཡེ་ཤེས་རྫོགས་པ་ཆེན་པོའི་བདེན་པའི་རང་ཞལ་རྗེན་པར་གཟིགས། །
ཐུགས་གཏེར་རྒྱ་མཚོའི་དགོངས་ཀློང་བརྡོལ་ཏེ་གཞུག་མ་རྡོ་རྗེའི་མགུར་དུ་བཞེངས། །

བྱ་བྲལ་གུ་ཡངས་དང་ཚུལ་སྐྱོང་གིན་རི་བྲག་གངས་མཚོ་ཀུན་ཏུ་མྱུལ། །
གདན་ས་བཏབ་ནས་གྲངས་མེད་གདུལ་བྱར་དཔག་མེད་ཆོས་ཀྱི་འཁོར་ལོ་བསྐོར། །
རྒྱུད་འབུམ་པོ་ཏིའི་བྲག་རི་བརྩིགས་ཤིང་སློག་ལྷུའི་འཇམ་ཆར་དྲངས་མོ་ཕབ། །
ཆེ་རྒྱ་ཀུན་གྱི་རལ་པའི་རྩེ་ན་ཞབས་སེན་འོད་ཆགས་རྟག་ཏུ་འབར། །

མཁྱེན་རབ་ནོར་བུ།

ཁུ་བྱུག་གི་འགྱུར་ཐོག་མ་འཛིན་སའི་བྱ་ས་ཞེས་པར་ལྷེ་ཁྲག་འཐོས། །

རྟལ་ཆུའི་ཐིགས་པ་མཚོ་རུ་བསྐྱིལ་ནས་སློབ་གཉེར་ལམ་དུ་རིམ་གྱིས་ཆས། །

གསོ་རིག་རྒྱ་མཚོ་གཞུང་དུ་གཤགས་ཤིང་རྩིས་རིག་ནམ་མཁའ་འཕྲེད་ལ་བཅད། །

མཁྱེན་དཔྱོད་འགྲན་པའི་ཟླ་དང་བྲལ་བས་མཁས་པའི་རི་རྩེ་བདག་གིར་མཛད། །

ཕྱི་གླིང་ནད་པའི་གསོ་དཔའི་ནད་ཞགས་གང་གི་རལ་གྲི་རྣོན་པོ་ཡིས། །
དུམ་བུ་དུམ་བུར་བཅད་པའི་མཐུ་ལས་གངས་ཅན་སྨྲ་ལའི་སྨན་ལྗོངས་ཀྱི། །
གསོ་བ་རིག་པའི་དགོས་འདོད་ནོར་བུར་སྣར་མེད་གཟི་མདངས་གསར་པ་བསྣན། །
སྨན་པའི་གྲགས་པ་སྤྲིན་དང་བསྐྱེབས་ནས་རྒྱ་མཚོ་ཆེན་པོའི་མཐའ་ལ་འཕུར། །

སྨན་རྩིས་འགྲོ་ཕན་གླིང་གི་ཉིན་བྱེད་གངས་རིའི་མཁའ་ལ་བལྟམས་པའི་ཚེ། །
ཁྱོད་ཉིད་ཤིང་རྟའི་ཁ་ལོའི་ཉམས་ཀྱིས་ཉི་མའི་གཟི་བྱིན་རྒྱས་པར་མཛད། །
གསོ་རིག་འཛིན་པ་རྒྱ་སྐར་ཚོམ་བུས་ཕྱོགས་དང་མཚམས་ན་ཁེབས་པར་བྱས། །
རིགས་ལྡན་སྙིང་ཐིག་རྩིས་འགོ་སྤྱོས་ཏེ་ཕྱུག་ལུགས་ལི་ཐོའི་མེ་ལོང་བརྟུངས། །

༄། །མ་གིའི་ཆུ་མོའི་གཞུང་ནས།

མགོན་པོ་རི།

འདི་ནི་རྒྱ་མཚོ་ཆེན་པོའི་གློང་ནས་རིམ་གྱིས་འཕགས་པའི་ལྷུན་པོ་སྟེ། །

ནོར་འཛིན་སྨིག་མོའི་བྲང་ལས་འབྱུར་བའི་ཟག་མེད་བདེ་སྟེར་རྫོས་བུམ་ཡིན། །

འདི་ནི་སྤྲེལ་སྤྲིན་དཀའ་མགུའི་ཆང་གིས་རབ་ཏུ་རྫོས་སའི་ཆང་ཁང་སྟེ། །

གདོང་དམར་མེས་པོའི་ལྟེ་ཁྲག་དམར་པོ་ས་ལ་འཕོ་སའི་ཁྱིམ་གཞིས་ཡིན། །

གང་སྐྱ་ཆུ་ཤེལ་ཕོ་བྲང་དབུས་ཀྱི་ངོས་འཛམ་བྲག་གི་ཕུག་པ་ནས།།
ཁ་བ་རི་པའི་རྒྱུད་ཀྱི་འོད་སྣང་ཕྱོགས་ཀྱི་མཁའ་གློང་ཡངས་པོར་མཆེད།།
གང་སྐྱ་གཡུ་ལོ་ཐགས་སུ་བཀྲ་བའི་ལྗོན་པའི་ནགས་ཀྱི་ཁོང་གསེང་ནས།།
དབྲ་སེ་ལྗོང་སྟོང་ཏུས་ཀྱི་མེ་ཏོག་མཚམས་ཀྱི་འཛིན་མའི་ཁྲིན་ལ་འབབ།།

དྲི་མེད་དྭངས་གཙང་ཆབ་ཀྱིས་གང་བའི་འདི་ཡི་མཚོ་གློང་ཡངས་པོ་ནས།།
སྙིང་རྗེའི་མྱུ་ཏིག་ཀུན་ནས་སྨྲུམ་པའི་ཉ་ལྕིབས་སྟོང་གི་གཏེར་ཁ་བརྗོལ།།
ཉི་ཟླ་ཟུང་གི་འཁོར་ལོས་མཚན་པའི་འདི་ཡི་ཨ་སྔོན་རྫིང་རིང་ལས།།
ཤེས་རིག་འོད་སྣང་ཆེམ་ཆེམ་འཕྲོ་བའི་སྐར་ཚོགས་བྱེ་བའི་ཆུ་མོ་ལུད།།

ཡར་ལྷ་ཤམ་པོ།

ཨ་མྱེས་འོ་དེའི་ཉིན་བྱེད་ཟེར་དང་འཛམ་ཆར་དྭངས་མོའི་ཟིལ་ཐིགས་འབུམ། །

ཐང་ང་ཡར་མོའི་མངལ་དུ་ལྷུང་བའི་རྟེན་འབྲེལ་ཟབ་མོའི་ཆོས་ཉིད་ལས། །

སྲིད་པའི་ལྷ་ཆེན་ཞེས་པའི་རོལ་མོ་འཛམ་བུའི་གླིང་ན་འཁྲོལ་བ་ཁྱོད། །

ཁྲ་ཆིལ་མེ་ཏོག་སྤོང་དང་བསྡེབས་ནས་སྨན་ལྗོངས་འདི་རུ་ཞལ་ཁ་བྱེ། །

དྲི་མེད་ཤེལ་གྱི་མཆོད་རྟེན་ཆེན་པོའི་མཛེས་བརྗིད་འཕྲོག་པའི་སྐུ་ཡི་ལྗོན། །
སྐབས་འགར་འཇའ་ཟེར་ཐིག་ལེའི་གླིང་ན་ཉམས་འགྱུར་སྟོང་གི་གར་ལ་རྩེན། །
ལན་རེར་ན་བུན་སྟོད་གཡོགས་སྲུབ་མོས་འདོད་པའི་སྒྱོས་བུམ་སྒྲིབ་པར་བྱེད། །
མཚམས་རེར་ཉི་ཟླའི་རྣ་ལུང་སྣོར་མོ་ཉིན་མཚན་རེས་ཀྱིས་འདོགས་པར་སྣང་། །

ཁྱོད་ཀྱི་དྭངས་ཆུས་དྲི་བསུང་ངད་པ་ཕྱོགས་སུ་འཕྲུལ་བའི་མེ་ཏོག་གསོས། །
ཁྱོད་ཀྱི་དྭངས་ཆུས་འོད་ཀྱི་འཇའ་གུར་མཁའ་ན་ཕུབ་པའི་ནོར་བུ་སྦྲུམ། །
ཁྱོད་ཀྱི་དྭངས་ཆུས་ཟས་ཀྱི་རྒྱལ་པོ་སྦྲང་དཀར་རྩམ་པའི་རོ་བཅུད་བསྐྲུངས། །
ཁྱོད་ཀྱི་དྭངས་ཆུས་གཡང་མོ་ལུག་གི་འཇམ་པོའི་བལ་གྱི་འདབ་མ་བསྐྱིངས། །

སྤྲེལ་སྤྲིན་དཀྲེས་པའི་ཕ་ས།

འཇིག་རྟེན་འདི་ཀོ་ཐོག་མ་ཐོག་མར་རྒྱ་མཚོ་ཆེ་ཞིག་ཡིན་པ་ནས།།

ནོར་འཛིན་སྐྱེ་མོའི་ཉམས་ལྡན་སྐུ་ལུས་མཐོ་ནས་མཐོ་རུ་འཕགས་པ་དང་།།

ཆུ་སྐྱུང་ཐམས་ཅད་དབུས་ནས་མཐའ་བཞིར་དམའ་ནས་དམའ་རུ་འབབ་པ་ན།།

ས་གཞི་ཡོངས་རྫོགས་སྔོ་ལྗང་ནགས་ཀྱི་གོས་བཟང་པོ་ནས་བསྐུབས་པར་གྱུར།།

དེ་ཚེ་རི་རྒྱལ་ལྷུན་པོའི་ཉམས་ལྡན་མགོན་པོ་རི་བོའི་དབུ་རྩེ་ཡི།།
རང་བྱུང་སྤྲེའུའི་བྲག་གི་ཕུག་པ་ཆུ་ཤེལ་ནོར་བུའི་ཕོ་བྲང་ན།།
སྤྲེལ་རྒན་བྱང་ཆུབ་སེམས་དཔའ་ཉིད་དང་མ་རྒན་བྲག་གི་སྲིན་མོ་གཉིས།།
དགྱེས་དགུར་རྩེན་པའི་རྟེན་འབྲེལ་ཆོས་ལས་བྱུང་བའི་སྤྲེལ་སྲིན་རྒྱུད་པ་རྣམས།།

ཟས་ལ་ཤིང་འབྲས་སོ་མ་ཟ་ཞིང་གོས་ལ་ཤིང་ལོ་ལྡང་ཁྲུ་གྱོན།།
དཔོན་དང་གཡོག་གི་ཐ་སྙད་མེད་ཅིང་རང་སྡེ་གཞན་སྡེའི་ཆགས་སྡང་མེད།།
བཙུ་ཚོ་བཙུ་ཚོ་ཁྲུ་ཤོག་བྱས་ཏེ་མགོན་པོ་རི་ཡི་འདབས་རོལ་དང་།།
ཤམ་ཆུ་སྔོན་མོའི་འགྲམ་ངོགས་དག་ན་སོས་དལ་འཚོ་བའི་རོ་ལ་རོལ།།

སྦྲར་རས་ཞིང་།

རང་རེའི་མེས་པོས་དཀའ་སྤྱད་རྟུལ་ཕྱུ་ཞིང་ས་འདི་ཡི་སྟེང་ན་སྟོར།།
རང་རེའི་མེས་པོས་ཤེས་རིག་ས་བོན་ཞིང་ས་འདི་ཡི་སྟེང་ནས་བཏབ།།
རང་རེའི་མེས་པོས་གསར་གཏོད་སྨྲ་མོ་ཞིང་ས་འདི་ཡི་སྟེང་ནས་ཕྱེས།།
རང་རེའི་མེས་པོས་བློ་གྲོས་ནོར་བུ་ཞིང་ས་འདི་ཡི་སྟེང་ནས་རྙེད།།

དེ་ནས་བཟུང་སྟེ་རང་གི་སྟོབས་ནུས་མགར་ཐབ་དམར་པོར་སྤྲངས་པ་ཡི། །
འོད་ཟེར་ལམ་ལམ་འབར་བའི་རལ་གྲིས་རང་བྱུང་དངོས་པོ་འདུལ་བར་བརྩམས། །
དེ་ནས་བཟུང་སྟེ་བགྲེས་ལྡོགས་མེ་དཔུང་ཁུར་ཁུར་མཁའ་ལ་མཆེད་པ་གང་། །
འཇམ་ཆར་དྭངས་མོའི་རྒྱུན་གྱིས་བཅིལ་བའི་སྨྱུ་གུ་སྔོན་པོ་འབུས་པར་བྱས། །

ཞིང་ས་འདི་ནི་གདོང་དམར་བོད་པའི་འགྲུལ་བཞུད་རིང་མོའི་དབུ་ཚུད་ཡིན། །
ཞིང་ས་འདི་ནི་ཁ་བ་ཅན་པའི་དཔྱིད་དུས་ཐོག་མའི་འབྲུག་སྒྲ་ཡིན། །
ཞིང་ས་འདི་ནི་གངས་རིའི་ཉི་མ་མཁའ་ལ་འདྲེན་པའི་སྐྱ་རེངས་ཡིན། །
ཞིང་ས་འདི་ནི་ཁ་བའི་མེ་ཏོག་ས་ལ་འཛུམ་པའི་ཆར་ཟེམ་ཡིན། །

རྩེད་ཐང་།

སྤྲེལ་སྤྲིན་ཉི་ཟླ་ཁ་སྦྱོར་ལས་བྱུང་རྣམ་ཤེས་དྲུག་གིས་གཙོ་བྱས་པའི། །

སྤྲེལ་རྒྱུད་སྐར་ཚོགས་ཚོ་དང་ཚོ་ཡིས་རྩེད་མོའི་ཐུར་རོ་འདི་ནས་སྤྱངས། །

སྤྲེལ་སྤྲིན་ཉི་ཟླ་ཁ་སྦྱོར་ལས་བྱུང་རྣམ་ཤེས་དྲུག་གིས་གཙོ་བྱས་པའི། །

སྤྲེལ་རྒྱུད་སྐར་ཚོགས་ཚོ་དང་ཚོ་ཡིས་སྤྲོ་སྣང་མེ་ཏོག་འདི་ནས་རྙེད། །

འཕགས་པས་བྱམས་བརྩེའི་ཕྱག་ཟུང་བརྐྱངས་ཏེ་རི་རབ་ལྷུན་པོའི་ཁོང་གསེང་ནས།།
འབྲུ་རིགས་སྣ་ལྔའི་ས་བོན་བླངས་ཏེ་འདི་ཡི་ཕྱོགས་མཚམས་ཀུན་ལ་སྟོར།།
སྤྲེའུས་རྟལ་ཆུའི་ཐིང་བུ་བསྐྱིལ་ནས་ཇོ་མཁྲིགས་ལྷུགས་ཀྱི་སྙེར་མོ་ཡིས།།
ས་ནག་སྤར་མོ་རེ་རེ་སློག་སྟེ་འདི་ཏུ་གཞིན་པོའི་ཞིང་ས་བསྐྲུན།།

དེ་ནས་བརྩམས་ཏེ་སྤྲེའུའི་ཡང་རྩལ་ནམ་མཁའི་བྱ་ཡི་སྤུན་ཟླར་ཆས།།
དེ་ནས་བརྩམས་ཏེ་སྤྲེའུའི་འབྲུག་གར་ཆུ་ནང་ཉ་ཡི་རོགས་ཟླར་སོང་།།
དེ་ནས་བརྩམས་ཏེ་སྤྲེའུའི་སློ་བག་ལྷ་ལམ་ཡངས་པོའི་ཁྲིན་དང་མཉམ།།
དེ་ནས་བརྩམས་ཏེ་སྤྲེའུའི་དཔའ་སྤོབས་རི་རབ་ལྷུན་པོའི་རྩེ་ལ་སྙེག།

བོད་ཅེས་བྱ་བའི་ཐ་སྙད་འདི་ནས་ཐོགས།

ས་བབ་མཐོ་སར་རྐང་བཞི་ཕྱུགས་ཀྱི་གཉེར་སྐྱོང་པོ་ནར་གཞོལ་བ་དང་། །
ས་བབ་དམའ་སར་ཚང་ཚོང་ནགས་ཀྱི་གཉེར་ཁ་གཅིག་ཕྱུར་འབད་པ་དང་། །
བར་གྱི་དྲུ་གྲང་སློམ་པའི་ས་ལ་ཞིང་ལས་གཙོ་བོར་གཉེར་བ་ལ། །
སོ་སོར་འབྲོག་དང་རོང་དང་བོད་ཅེས་སྤྱར་གྱི་མིས་པོ་རྣམས་ཀྱིས་འབོད། །

ཤམ་ཆུའི་བདུད་རྩིས་བརླན་པར་བྱས་པའི་ཡར་མོ་ སླུང་གི་ལུང་གཞུང་འདི། །
སྤྲེལ་སྤྲིན་རྒྱུད་པས་གང་བར་བྱས་པའི་ཡར་མོ་སླུང་གི་ལུང་གཞུང་འདི། །
ཚ་གྲང་སྙོམ་ཞིང་གྲོ་ནས་སྣུན་གསུམ་ས་ལ་འདེབས་ལས་བྱེད་པ་ཡི། །
སོ་ནམ་ལས་ལ་དུས་བཞིར་གཞོལ་བའི་ཡུལ་ལུང་ཉག་གཅིག་ཡིན་པས་ན། །

བོད་ཅེས་བྱ་བའི་དོན་མཐུན་ཐ་སྙད་སྔར་གྱི་མེས་པོ་རྣམས་ཀྱིས་བཏགས། །
བོད་ཅེས་བྱ་བའི་དབྱར་གྱི་ཛ་གསེང་ཡུལ་ལུང་འདི་ནས་བཙུང་བར་བྱས། །
བོད་ཅེས་བྱ་བའི་མངའ་ཐང་མེ་ལྕེ་ཡུལ་ལུང་འདི་ནས་མཆེད་འགོ་བཙམས། །
བོད་ཅེས་བྱ་བའི་གྲགས་པའི་རོལ་མོ་ཡུལ་ལུང་འདི་ནས་དཀྲོལ་བར་བྱས། །

བཙན་ཐང་སྒོ་བཞིར་མཇལ་བ།

མགོན་ཞེས་ལྷ་བོན་གཡང་ཞེས་ཕྱྭ་བོན་འགྲོ་ཞེས་སླུད་གཏོང་ཉིད་དང་ནི། །
འདུར་ཞེས་སྲིད་གཤེན་གཙང་ཞེས་སེལ་བྱེད་ལ་སོགས་ཞེས་པ་ཅན་བཅུ་གཉིས། །
བཙན་པོ་གཉའ་ནས་མནན་པར་བྱེད་ཅིང་ཉམ་ཆུང་མཐའ་ནས་སྐྱོང་བྱེད་པའི། །
མཐའ་བཞིའི་རྒྱལ་ཁམས་དབང་དུ་བསྡུ་བའི་ནུས་ལྡན་སྐྱེས་བུ་འཚོལ་ལ་ཆས། །

དེ་ཚེ་སྤྲེལ་སྤྲིན་རྒྱུད་པ་མཆེད་སའི་མགོན་པོ་རི་ཡི་ལྷོ་ནུབ་མཚམས།།
གཙུག་ཏོར་ཡ་གིའི་གནམ་ལ་ཐུག་པའི་ལྷ་རི་གྱང་ཐོའི་རྩེ་མོ་ནས།།
ལྷེ་ཡིས་གདོང་ཁེབས་སོར་མོ་དྲ་བར་འབྲེལ་བའི་སྐྱེས་བུ་སྟོབས་ལྡན་ཞིག།
རང་བྱུང་རྗེ་སྐས་རིང་མོ་བརྒྱུད་ནས་བཙན་ཐང་སྒོ་བཞིར་ག་ལེར་ཕྱིན།།

གནམ་ནས་འོངས་སམ་རྒྱ་གར་འཕགས་པའི་ཡུལ་གྱི་ཕྱོགས་ནས་འོངས་སམ་ཅི།།
ཡང་ན་ཤར་ཕྱོགས་སྤུ་བོའི་ཡུལ་ནས་འདི་རུ་རིམ་གྱིས་སླེབས་ཀྱང་རུང་།།
གང་ལྟར་མཐུ་དང་ནུས་པར་བལྟས་ན་བཙན་པོར་འོས་སུ་ཆེ་འདྲ་བ།།
རིགས་པས་དཔགས་ནས་གདོང་དམར་བཙན་པོའི་མི་ཤིགས་རྗེ་རྫེའི་ཁྲི་ལ་དྲངས།།

ཕུམ་བུ་བརྒྱ་མཁར།

མི་ཤིགས་མི་འགྱུར་སྲ་ཞིང་མཁྲེགས་པའི་རང་བྱུང་བྲག་རི་མཐོན་པོའི་སྟོར།།

མི་ཤིགས་མི་འགྱུར་སྲ་ཞིང་མཁྲེགས་པའི་སྔར་ན་མེད་པའི་བརྒྱ་མཁར་བརྩིགས།།

མི་ཤིགས་མི་འགྱུར་སྲ་ཞིང་མཁྲེགས་པའི་རྡོ་རྗེ་འབར་བའི་ཁྲི་སྙིང་ན།།

མི་ཤིགས་མི་འགྱུར་སྲ་ཞིང་མཁྲེགས་པའི་སྙིང་སྟོབས་ཅན་གྱི་བཙན་པོ་འཁྱིངས།།

ཕུར་རྒྱལ་ཡུལ་ཚོའི་སྐད་སྐྲ་དང་པོ་ཁྱོད་ཀྱི་སྐལ་ཚིགས་སྦྱོ་ནས་བསྒྲིམས། །

ཕུར་རྒྱལ་བཙན་པོའི་རྒྱལ་མཚན་དང་པོ་ཁྱོད་ཀྱི་སྐལ་ཚིགས་སྦྱོ་ནས་བསྒྲེངས། །

ཕུར་རྒྱལ་གངས་རིའི་རྨང་རྡོ་དང་པོ་ཁྱོད་ཀྱི་སྐལ་ཚིགས་སྦྱོ་ན་བརྩིགས། །

ཕུར་རྒྱལ་བོད་པའི་ལྷུགས་རི་དང་པོ་ཁྱོད་ཀྱི་སྐལ་ཚིགས་སྦྱོ་ནས་བསྲིངས། །

སྤྲིན་དཀར་བང་རིམ་བརྩོལ་བའི་རྣོ་དབལ་ཁྱོད་ཀྱི་རྒྱ་ཐིབས་རྩེ་ལ་ཡོད། །

ཀླུ་བདུད་མགོ་དགུ་ནོན་པའི་ལྡིང་ཤུགས་ཁྱོད་ཀྱི་ཞབས་ཟུང་མཐིལ་ལ་མཆིས། །

མངའ་ཐང་མཚོ་མོ་ས་ལ་བསྐྱིལ་བའི་ཆར་ཆེན་ཁྱོད་ཀྱི་མཁའ་ནས་འབབ། །

བདེ་བའི་མེ་ཏོག་མཆོར་ཀྲུ་བཞད་པའི་སྨྱུ་གུ་ཁྱོད་ཀྱི་ས་ནས་འབུས། །

ཡར་ལྷ་ཤམ་པོའི་ཁམ་སྒོང་ལ་མེ་ཏོག་ཤར་བ།

སྲིད་པའི་ལྷ་ཆེན་ཡར་ལྷ་ཤམ་པོའི་འདབས་ཀྱི་ཡུལ་ལུང་སྐྱིད་པོ་ན།།

གངས་རིའི་ཐུ་བོ་ཡར་ལྷ་ཤམ་པོའི་འདབས་ཀྱི་ལུང་གཞོངས་ཡངས་པོ་ན།།

ཁམ་སྒོང་མཐོན་པོའི་ཡལ་གའི་སྟེང་ལ་མེ་ཏོག་ཟིང་སྐྱི་ཤར་བ་ན།།

དཔྱིད་ཀྱི་དུས་ཆེན་གཡའ་བཟང་ཞེས་པ་ཡར་མོའི་སླུང་ན་མགྲོན་དུ་བྱོན།།

དེ་ནས་བརྒྱམས་ཏེ་གངས་ཅན་བོད་ཀྱི་ལོ་ལ་ལོ་ཡི་དབྱུ་ཁྱུད་བྱུང་། །
དེ་ནས་བརྒྱམས་ཏེ་ཁ་བ་ཅན་ལ་ལོ་གསར་ཞེས་པའི་ཁྲིའུ་རྒྱུང་བཙས། །
དེ་ནས་བརྒྱམས་ཏེ་གངས་ཅན་སྣ་ལའི་སྨན་གྱི་ལྗོངས་ཆེན་ཡངས་པོ་ན། །
དཔྱིད་དཔལ་སྐྱིག་མོའི་ལྷབ་ལྷུབ་ན་བཟའི་ཡིད་འོང་སྒྲོ་གར་མིག་ལ་མངར། །

རྒྱ་སྐྱུང་ཐམས་ཅད་འཁྲུགས་ཀྱི་སྤུབས་ནས་དེ་མ་དེ་མར་བརྩོན་གྲོལ་ཐོབ། །
རྩེ་ཤིང་ཐམས་ཅད་དགུན་གྱི་མལ་ནས་དེ་མ་དེ་མར་ལྷང་ལ་རིངས། །
བྱ་དང་བྱིའུའི་གསུང་སྐད་རོལ་མོ་དེ་མ་དེ་མར་དཀྲོལ་འགོ་བརྒྱམས། །
གངས་རིའི་བུ་དང་བུ་མོ་རྣམས་ཀྱང་དེ་མ་དེ་མར་གཉིད་ལས་སད། །

ཕོ་བྲང་འཕྱིང་བ་སྟག་རྩེ།

གཉའ་ཁྲིའི་འཕྲིན་ལས་འོད་སྣང་དཀར་པོའི་ལྷད་མེད་འཇུམ་ལས་འཁྲུངས་པའམ།།
ཡང་ན་གུང་རྒྱལ་བཙན་པོའི་ཐུགས་ཀྱི་ཉིན་བྱེད་ཟེར་གྱིས་ཁྱེས་སམ་ཅི།།
གང་ལྟར་འཕྱོང་པོ་ནོར་བུའི་གླིང་གི་འཕྱིང་བའི་ས་འཛིན་ལོགས་ཤིག་ན།།
མི་ཤིགས་རྡོ་རྗེའི་བྲག་ལ་བཅས་པའི་ཕོ་བྲང་སྟག་རྩེ་མངོན་པར་བརྗིད།།

དེ་ནས་ཨེ་ཤྲཱ་ཐི་ཤྲཱ་ལ་སོགས་ལེགས་དྲུག་བཙན་པོའི་ཉི་ཟེར་གྱིས།།
ལེགས་པར་ཕྱེས་པའི་རྐོད་རྩེ་ཡང་རྩེ་ཁྲི་རྩེ་ལ་སོགས་པོ་བྲང་གི།
འདབ་བརྒྱད་པདྨོ་མངོན་པར་བཞད་པས་འཕྱིང་བ་རྩེ་དྲུག་ཅེས་པའི་སྒྲ།།
དབྱར་དུས་ཆར་སྤྲིན་ལང་ལོང་གསེབ་ཀྱི་གཡུ་འབྲུག་སྟོན་མོའི་སྐད་དང་བསྡེབས།།

དེ་ལྟ་སྔ་ཚོགས་ཐབས་ཀྱི་སྦྱོར་བས་སྲིད་ཀྱི་དབུ་རྩོག་བཙན་པར་བྱས།།
དེ་ལྟ་མཛངས་མིའི་མཛད་པའི་ཆར་གྱིས་དཔལ་འབྱོར་ལོ་འདབ་གྲོལ་བར་བྱས།།
དེ་ལྟ་བོན་གཞུང་མང་དུ་བསྒྱུར་ནས་བོན་གྱི་བསྟན་པ་རྒྱས་པར་བྱས།།
དེ་ལྟ་རིག་པའི་མེ་ཏོག་བཅུད་ཀྱིས་བྱུང་བའི་ལུས་སེམས་བརྟས་པར་བྱས།།

སྲིད་ཀྱི་ལོ་ཏོག་སྒྲུང་ལྡེའུ་བོན་གྱིས་བསྐྱངས།

གཞའ་ཁྲིའི་འཕྲིན་ལས་མེ་ཏོག་དཀར་པོ་ཡར་མོ་ཀླུང་དུ་འཛུམ་པ་ན།།
རིམ་བྱོན་རྒྱལ་རབས་མུ་ཏིག་དོག་པ་འཁོར་ལོའི་གྲངས་ཀྱི་ཕྲེང་བ་ལ།།
སྤུར་རྒྱལ་བོད་ཀྱི་ཆབ་སྲིད་ལོ་ཏོག་སྒྲུང་དང་བོན་དང་ལྡེའུ་ཡི།།
སྦྲང་ཆར་ཟིལ་མའི་དཔལ་གྱིས་བསྐྱངས་ཞེས་བྱུང་བའི་རི་མོ་བྲག་ལ་བཀོས།།

རོ་ལངས་གསེར་སྒྲུབ་མ་སངས་མཆིལ་པའི་སྒྲུང་གི་ལུགས་ཀྱི་རྙོན་པོ་ཡིས། །
ཕྱུར་རྒྱལ་བོད་མིའི་བློ་ཡི་ཤ་མོ་རིག་པའི་ཆུ་རྫིང་དྭངས་མོར་དྲངས། །
ཐེམ་གཉེར་ལྷ་བ་ཅན་ལ་སོགས་པ་ངོ་མཚར་གསེར་གྱི་ལྡེ་མིག་གིས། །
ཕྱུར་རྒྱལ་བོད་མིའི་བློ་དང་རིག་པའི་སྒོ་ལུགས་བཙན་པོ་ལྷུག་པར་ཕྱེས། །

སྒོས་སུ་མཚོ་མི་སླུ་རྒྱལ་ལ་སོགས་བོན་བླ་བྲུ་རུའི་ཕྲེང་བ་ཡིས། །
རིམ་བྱོན་བཙན་པོའི་སྐུ་བོན་མཛད་ནས་ཕྱུར་རྒྱལ་བོད་ཀྱི་ཆབ་སྲིད་ལ། །
ཕན་པའི་དགེ་སྒྲུབ་གནོད་པའི་འདྲེ་བཏུལ་སྐྱོང་བའི་ལྷ་རྣམས་མཆོད་བྱས་ཤིང་། །
མོ་དང་རྩིས་ཀྱི་མེ་ལོང་ནང་ནས་བླང་དོར་རི་མོ་སྟོན་པར་མཛད། །

སྤྲང་སྙོང་ཕྱུག་བརྒྱ་པ།

འགྲོ་བའི་སྡུག་བསྔལ་མེ་དཔུང་བཅིལ་བའི་ཟིམ་ཟིམ་འབབ་པའི་སྦྲང་ཆར་ཏེ།།
དམ་པ་ཆོས་ཀྱི་གླེགས་བམ་ཐོག་མ་སྤྲང་སྙོང་ཕྱུག་བརྒྱ་ཞེས་བྱ་བ།།
འཇའ་ཡི་གུར་དང་མེ་ཏོག་ཆར་པ་ལྷ་ཡི་རོལ་མོའི་སྒྲ་དང་བཅས།།
གངས་ཅན་བོད་མིའི་བསོད་ནམས་ཞིང་དུ་དགེ་མཚན་བྱེ་བས་བརླམས་པ་ན།།

གཉན་པོ་གསང་བའི་མཚན་གྱི་མེ་ཏོག་གང་གི་མགུལ་དུ་བསྒྲོན་པ་དང་། །
ལྷན་ཅིག་ཕྲུག་དང་བཀུར་བསྟིའི་མཆོད་པ་སྤྲིན་གྱི་ཕུང་པོ་བཞིན་དུ་དཀྲིགས། །
དེ་མཐུས་བཙན་པོ་གང་གི་ན་ཚོད་དྲུག་ཅུའི་ལ་རྩེར་སོན་ན་ཡང་། །
སླར་ཡང་དྲུག་ཅུར་བསྐྱིངས་པའི་འཇའ་གུར་ས་དང་བར་སྣང་ཀུན་ལ་འཁྲིགས། །

མི་རབས་ལྔ་ན་དེ་དོན་རྟོགས་པའི་སྐྱ་རེངས་དང་པོ་འཆར་བའི་ཚེ། །
གངས་རིའི་ར་བས་ཡོངས་སུ་བསྐོར་བའི་ཁ་བ་ཅན་གྱི་ཞིང་ཁམས་འདིར། །
ཐན་པོའི་འཁར་བ་ཡོང་བའི་དམིགས་བུ་སྨུག་ནག་འཛོམས་པའི་སྒྲོན་མེ་སྤེ། །
བསྟན་པའི་ཉི་མ་དཀྱུང་ལ་འཆར་ནས་འགྲོ་བའི་བདེ་སྐྱིད་པནྡོ་འཇུམ། །

བཙན་པོའི་བང་སོ་དང་འཕྱོངས་རྒྱས་ལུང་གཞུང་།

ཁྲི་བདུན་བང་སོ་གནམ་ལ་བཏབ་པས་གནམ་ལ་འཇའ་ཚོན་བཞིན་དུ་ཡལ། །

སྟེང་གཉིས་བང་སོ་གཡའ་ལ་བཏབ་པས་གཡའ་ལ་ན་བུན་འཁྲིགས་པ་འདྲ། །

ལེགས་དྲུག་བང་སོ་སྤང་ལ་བཏབ་པས་སྤང་ལ་མེ་ཏོག་ཤར་དང་མཚུངས། །

ལྡེ་བརྒྱད་བང་སོ་ཆུ་ལ་བཏབ་པས་མཚོ་ལ་ཁ་བ་བབས་པའི་སྤུན། །

ཀུན་གྱི་མཐའ་མཇུག་ཡོག་མལ་དྲོན་མོ་འཕྱིང་ལུང་གསེར་གྱི་གཞོང་པའི་ནང་། །
དམ་པའི་ཆོས་ཀྱི་དབུ་ཕྲུད་འབྲི་བའི་ཐོ་རི་གཉན་བཙན་ནས་བཟུང་སྟེ། །
དམ་པའི་ཆོས་ལ་བཞི་ཤད་འགོད་པའི་དར་མ་འུ་དུམ་བཙན་གྱི་བར། །
རིམ་བྱོན་བཙན་པོ་སུ་ཏིག་ཁྲིང་བའི་བང་སོ་གཡུ་ཡི་ཕྲ་རྒྱན་བཏབ། །

ཁྱད་པར་སུ་ར་རི་ཡི་འདབས་ཀྱི་སྟོ་ལྷང་ཞིང་གི་བར་བར་ན། །
ཁྱད་པར་སུ་ར་རི་ཡི་འདབས་ཀྱི་ལྷུང་ལྷུང་ཆུ་མོའི་འགྲམ་ངོགས་ན། །
སྲོང་བཙན་ལ་སོགས་ཆོས་ཀྱི་རྒྱལ་པོ་མེས་དབོན་གསུམ་གྱི་བང་སོ་ནི། །
སྐར་ཚོགས་དཔུས་ཀྱི་ཆོས་ཆེན་བཅོ་ལྔའི་ཆ་ཤས་རྫོགས་པའི་དུང་རླ་ཡིན། །

འབྲོང་སྣན་ལྡེ་རུ་དང་གསོན་མཚད་རླུམ་པོ།

འཕྱོངས་པོའི་གཞུང་ན་བཙན་པོའི་བང་སོ་ས་ལ་སྤྲ་ཚོམ་བཏབ་པ་བཞིན། །
འཕྱིང་ལུང་ཡུལ་དུ་བཙན་པོའི་བང་སོ་གནམ་ལ་སྐར་མས་སྤྲས་པ་འདྲ། །
དེ་དག་རྣམས་ལས་ཞང་མདའ་ཞེས་པའི་གྲོང་གི་དབུས་ན་གནས་པ་ཡི། །
འབྲོང་སྣན་ལྡེ་རུའི་བང་སོ་གང་དེར་གསོན་མཚད་རླུམ་པོ་ཞེས་སུ་གྲགས། །

ཤི་ནས་གནམ་ལ་བང་སོ་གདབ་པ་སྤྱར་གྱི་བཙན་པོ་དག་ལ་ཡོད།།
ཤི་ནས་ས་ལ་བང་སོ་གདབ་པ་དེང་གི་མགོ་ནག་ཀུན་ལ་མཆིས།།
འོན་ཏེ་མ་ཤི་དམར་པོ་སྲོག་གི་དབང་པོའི་ཐག་པ་མ་ཆད་པར།།
གསོན་པོར་དུར་དུ་ཞུགས་པ་འདི་འདྲ་ཨུ་དུམ་ཝ་རའི་མེ་ཏོག་ཡིན།།

དགྲ་མགོ་མ་ཐུལ་ངོ་ཚས་ནོངས་ནས་གསོན་པོར་དུར་དུ་ཞུགས་པ་མིན།།
གཉེན་མགོ་མ་འཁྱིངས་ཡིད་ཐང་ཆད་ནས་གསོན་པོར་དུར་དུ་ཞུགས་པ་མིན།།
ཕྱི་རབས་པ་ལ་མི་འདོད་ནད་ཀྱིས་འགོས་པར་དོགས་ནས་བསམ་བཞིན་དུ།།
རང་ཉིད་གསོན་པོར་དུར་དུ་ཞུགས་པ་བྱང་ཆེན་སྤྱོད་པའི་རྣམ་ཐར་ཡིན།།

སྨྱུན་འཛེད་ཕྱུག་རྒྱལ་དང་སྟག་རི་གཉན་གཟིགས།

དྭགས་པོའི་ཡུལ་ནས་མཛེས་པའི་མེ་ཏོག་མཆིམས་བཟའ་སླུ་མོ་ཁབ་ཏུ་བཞེས།།

མཛའ་གཙུགས་ཞགས་པར་མདུད་པ་ཐེབས་ནས་གསེར་གྱི་གྲུ་གུ་བཞིན་དུ་རྫིལ།།

དགའ་མགུའི་ལས་ཀྱི་འཇམ་ཆར་དྭངས་མོ་ཡང་ནས་ཡང་དུ་ཕབ་པ་ལས།།

དགོན་པ་བཀྲ་ཤིས་འབོད་པའི་སྲས་ཀྱི་འཇའ་དང་འོད་ཀྱི་གུར་ཁང་འཁྲིགས།།

བཙས་མ་ཐག་ནས་སྨྱུན་ཟླུང་ཡོང་བས་ཡབ་ཡུམ་ཡིད་ལ་སྨུག་སྤྲིན་འཐིབས།།

ཡབ་ཀྱི་བཀའ་ལྷར་འ་ཞའི་ཡུལ་ནས་ལྷ་རྗེ་མཁས་པ་གདན་དུ་དྲངས།།

འགྲན་ཟླ་མེད་པའི་ཕྱག་སོར་རྩལ་གྱིས་སྲས་པོའི་སྨྱུན་ཟླུང་ཕྱིས་པ་ན།།

སྐྱག་གི་རི་ལ་གཉན་ཞིག་འགྲོ་བ་གཟིགས་ནས་སྐྱག་རི་གཉན་གཟིགས་གསོལ།།

ཐོག་མར་དགུས་ཡོང་དགོན་པ་བཀྲ་ཞེས་མཚན་ནི་ཙུང་ཟད་མི་སྙན་ཡང་།།

ལྷ་རྗེ་མཁས་པ་བསྟེན་པའི་མཐུ་ལས་སྨྱུན་ཟླུང་ཉི་ཟླ་བཞིན་དུ་གསལ།།

ཨ་མ་འདི་འདྲའི་སྨྱུན་འབྱེད་ཕྱག་རྩལ་ལྷ་ཡི་ཡུལ་ནས་དྲངས་པ་འམ།

ཡང་ན་ཀླུ་རྒྱལ་དགའ་བོ་འཇོག་པོའི་ཡུལ་ནས་བཙན་གྱིས་འཕྲོགས་སམ་ཅི།།

ཕོ་བྲང་འཕང་ཐང་ཀ་མེད།

ཡུལ་ལ་བཟང་བ་ཡར་མོ་ཀླུང་གི་གཡུ་གཞོང་ཐྲ་མོའི་བར་ཞིག་ན།།

ཁྲི་སྲོང་མི་ཡི་ཉེ་མ་བསྐུན་པའི་མཐའ་ཀླས་ཆུ་གཏེར་ཆེན་པོ་སྟེ།།

ཁྲི་ལྡེ་གཙུག་བརྟན་ཐུགས་བསྐྱེད་ཟེར་ཕྲེང་ཆེམ་ཆེམ་འོད་དུ་འབར་བ་ན།།

སྤར་མེད་ཕོ་བྲང་འཕང་ཐང་ཀ་མེད་མཚོ་སྐྱེས་གཞོན་ནུའི་འདབ་མ་འཛུམ།།

འོན་ཏེ་ཁྲི་སྲོང་དུང་ཀླ་དཀར་པོའི་ལང་ཚོའི་ཆ་ཤས་ཕྲ་མོའི་དུས།།

ཁམ་སེར་རལ་པ་དགུང་དུ་གསིག་པའི་ཆུ་ལོག་ཆེན་པོའི་སྒྲོ་གར་གྱིས།།

རེ་ཞིག་མི་མངོན་རྒྱ་ཏུ་ཐིམ་ཡང་ཕྱིས་དུས་བཙན་པོའི་ཐུགས་བསྐྱེད་ཀྱི།།

བདུད་རྩིའི་ཆར་པ་ཡང་ཡང་བབས་པས་སླར་ཡང་ལོ་འདབ་རྒྱས་པར་གྱུར།།

སླད་ནས་དེ་ཏུ་བཞུགས་སུ་གསོལ་བའི་བཀའ་བསྟན་རིན་ཆེན་ཕྲེང་བ་ཡི།།

མཚན་གྱི་མེ་ཏོག་འཛུམ་པའི་དཀར་ཆག་ཕྱི་རབས་རྒྱུན་དུ་བསྒྲུན་པ་ན།།

དཀར་ཆག་འཕང་ཐང་མ་ཞེས་གྲགས་པ་སྙན་པའི་བ་དན་དཀར་པོ་ནི།།

དེང་ཡང་གངས་ཅན་རིག་སྨྲའི་ཁྲོད་ན་ལྷབ་ལྷུབ་གཡོ་བའི་གློས་གར་བསྒྱུར།།

རྐམ་པོའི་རྩེ་ལས་རྨོན་པའི་ཚེ་རྒྱ་འབབ།

སྲིད་པའི་གནས་ཀྱི་མདངས་བཟང་འཛིན་པ་ཡར་མོ་གླུང་གི་རྟེན་གསུམ་ཡིན།།

སྲིད་པའི་གནས་ཀྱི་ནུ་ཞོས་བསྐྱངས་པ་ཡར་མོ་གླུང་གི་རྟེན་གསུམ་ཡིན།།

སྲིད་པའི་གནས་དང་ལྷན་ཅིག་འགྲིང་བ་ཡར་མོ་གླུང་གི་རྟེན་གསུམ་ཡིན།།

སྲིད་པའི་གནས་ཀྱི་ཚུ་རྒྱུན་སྨྲུམ་པ་ཡར་མོ་གླུང་གི་རྟེན་གསུམ་ཡིན།།

གང་གི་ཡ་གྱུལ་ཚེ་ཆུ་འབུམ་པའི་ནང་གི་སྙིང་པོར་བཞུགས་པ་ནི།།
སློབ་དཔོན་ཆེན་པོའི་བྱིན་རླབས་བདུད་རྩིས་བརླན་པར་མཛད་པའི་རྗེ་བ་ཞིག།
སྔོར་མོ་ཛ་འདྲའི་དབྱིབས་ལ་བལྟས་ན་བཙོ་ལྷའི་དུང་ཟླ་དཀར་པོ་ཡིན།།
རིག་ན་འཇམ་པའི་བདེ་ལ་བསམས་ན་ལོ་སྟོང་དར་གྱིས་འཕྱིས་པ་བཞིན།།

དེ་ཡི་ངོས་ལས་འགྲོ་བའི་ཚེ་ཐག་རིང་ནས་རིང་དུ་སྲིང་བྱེད་པའི།།
བྱིན་རླབས་འབུམ་ཕྲག་བཅུད་དུ་ཆགས་པའི་ཚེ་ཆུའི་བདུད་རྩི་འཛག་པ་ནི།།
ངོ་མཚར་སྟོང་གི་སྣང་ཆར་ཟིལ་མ་འཛིན་མའི་ཕྲིན་ན་འཛོ་བ་ཡི།།
དབྱར་དུས་ལྷ་ལམ་ཡངས་པོའི་ངོས་ཀྱི་ལང་ལོང་འཕྱུར་བའི་ཆུ་འཛིན་ཡིན།།

མིག་ནད་དྲི་མ་རྒྱ་མཚོའི་མཐའ་རུ་སྒྲོད།

སྲིད་པའི་གངས་ཀྱི་མདངས་བཟང་འཛིན་པ་ཡར་མོ་སླུང་གི་རྟེན་གསུམ་ཡིན།།

སྲིད་པའི་གངས་ཀྱི་ནུ་ཞོས་བསྐྱངས་པ་ཡར་མོ་སླུང་གི་རྟེན་གསུམ་ཡིན།།

སྲིད་པའི་གངས་དང་ལྷན་ཅིག་འཁྱིང་བ་ཡར་མོ་སླུང་གི་རྟེན་གསུམ་ཡིན།།

སྲིད་པའི་གངས་ཀྱི་ཆུ་རྒྱུན་སིམ་པ་ཡར་མོ་སླུང་གི་རྟེན་གསུམ་ཡིན།།

གང་གི་ཡ་གྱལ་རྟག་སྨྱུན་འབུམ་པའི་ནང་གི་སྙིང་པོར་བཞུགས་པ་ནི། །
རིགས་དྲུག་སྡུག་བསྔལ་ཐུགས་ཀྱིས་མ་བཟོད་སྨྱུན་ཆབ་ཆར་གྱི་རྒྱུན་ཆེན་པོ། །
དགྱེར་གྱི་ཆུ་འཛིན་སྔོན་པོའི་གསེབ་ལས་ཡང་ནས་ཡང་དུ་འབེབས་བྱེད་པའི། །
བྱང་ཆུབ་སེམས་དཔའ་རྟག་ཏུ་ངུ་ཡི་སྨྱུན་གྱི་ནོར་བུ་འགྲན་མེད་ཅིག །

བསོད་ནམས་ཚོགས་ནི་རླབས་ཆེན་བརླམས་པའི་དད་ཅན་སྐྱེས་བུ་སུ་ཞིག་གིས། །
དེ་ཉིད་ལན་གཅིག་མཇལ་བ་ཙམ་གྱིས་བྱིན་རླབས་ཉི་ཟེར་རྣོན་པོ་གང་། །
དེ་ཡི་ལུས་དང་སེམས་ལ་ཞུགས་ནས་མིག་ནད་དྲི་མ་མཐའ་དག་པ། །
ཐ་རླབས་ལང་ལོང་མཁའ་ལ་འཕྱུར་བའི་རྒྱ་མཚོ་ཆེན་པོའི་མཐའ་རུ་སྐྲོད། །

ལས་ཀྱི་སྒྲིབ་པ་ཐམས་ཅད་བྱང་ཞིང་དག

སྲིད་པའི་གདངས་ཀྱི་མདངས་བཟང་འཛིན་པ་ཡར་མོ་ཀླུང་གི་རྟེན་གསུམ་ཡིན།།

སྲིད་པའི་གདངས་ཀྱི་ནུ་ཞོས་བསྐྱངས་པ་ཡར་མོ་ཀླུང་གི་རྟེན་གསུམ་ཡིན།།

སྲིད་པའི་གདངས་དང་ལྷན་ཅིག་འཁྱིང་བ་ཡར་མོ་ཀླུང་གི་རྟེན་གསུམ་ཡིན།།

སྲིད་པའི་གདངས་ཀྱི་ཆུ་རྒྱུན་སིམ་པ་ཡར་མོ་ཀླུང་གི་རྟེན་གསུམ་ཡིན།།

གང་གི་ཡ་རྒྱལ་དགོན་ཐང་འབུམ་པ་ཞེས་སུ་གྲགས་པ་དེ་ཉིད་ནི། །
ཉེ་བའི་སྲས་ཆེན་བརྒྱད་ཀྱི་ཁྲིད་ལས་བྱང་སེམས་སྒྲིབ་པ་རྣམ་སེལ་གྱིས། །
ལྷག་གནས་མི་རྟོག་ཆར་པ་ཕབ་པའི་རྟེན་འབྲེལ་ཆེན་པོའི་ཆོས་ཉིད་ལས། །
སུ་ཡིས་དད་པའི་ཨ་ལོང་བཟུང་སྟེ་མཇལ་ཞིང་བསྐོར་བ་བསགས་པ་ན། །

སྒྲིབ་པ་མ་ལུས་བྱང་ཞིང་དག་པ་སྟོན་གྱི་དྭངས་གསལ་ནམ་མཁའ་ཡིན། །
དེ་ཡི་མཐུ་ལས་སྨྲུམ་མ་ཐམས་ཅད་མ་བུ་བདེ་གྲོལ་ཡོང་བ་དང་། །
ཀན་ཀོན་རྣམས་ནི་སྐུ་ཚེ་རིང་ཞིང་དེ་བས་གཞོན་བཟོ་དོད་པ་དང་། །
ཕོ་གཞོན་བྲེ་སེར་འགྲོང་ལ་འཁུ་ཞིང་མོ་གཞོན་ལྷ་མོ་གཞོན་ནུའི་སྤུན། །

ལི་ལས་གྲུབ་པའི་རྣམ་སྣང་།

བཙན་པོའི་ཉིན་བྱེད་འོད་ཀྱིས་བསྐྱངས་པ་གནས་གསུམ་པདྨ་དཀར་པོ་ཡིན།།

བཙུན་མོའི་ཟླ་འོད་ཟེར་གྱིས་སྐྱེ་བ་གནས་གསུམ་ཀུནྡ་གཞོན་ནུ་ཡིན།།

ལོ་རྒྱུས་དར་ཐག་རིང་དུ་འཕྱུར་བ་གནས་གསུམ་ལོ་ཏི་ཏི་ཏ་ཡིན།།

གྲངས་མེད་རྟེན་དང་བརྟེན་པས་བཀང་བ་གནས་གསུམ་ཏི་ལ་ཀྱི་གང་བུ་ཡིན།།

འོད་སྣུངས་འོད་ཀྱི་ཟེར་ཕྲེང་རྡོན་པོས་ཞལ་ཁ་ཕྱེ་བའི་པདྨ་སྟེ།།
ཁུ་བྱུག་མོན་ནས་ཐོག་མར་ཕེབས་སའི་གནས་མཆོག་བྱ་ས་ལྷ་ཁང་ནི།།
དད་པའི་ནོར་གྱིས་ཀུན་ནས་སྨྲུམ་པའི་ལྷོ་གནས་བསྐོར་མཁན་ཁྲུ་ཚོ་ཡིས།།
ཐོག་མ་ཐོག་མར་ཞལ་མཇལ་དགོས་པའི་ཡར་ཀླུང་གནས་ཀྱི་སྒོ་ཆེན་ཡིན།།

རྗེ་ཉིད་བཟོ་པས་རང་རང་རྒྱལ་འདོད་ཐབས་འཕྲུལ་སྟོང་གི་སྦྱོར་བ་ལས།།
རྩ་བ་ཕྲ་ཞིང་རྩེ་མོ་སྦོམ་པའི་ཐུབ་མིན་བཟོ་ཡི་རྩལ་གྱིས་ཕྱུག།
སྐུ་གསུང་ཐུགས་ཀྱི་རྟེན་མཆོག་མང་པོ་སྟོན་མཚན་མཁའ་ཡི་རྒྱུ་སྐར་ཁྲོད།།
གཙོ་བོ་བཅོ་ལྔའི་ཟླ་བར་འགྲན་པ་ལི་ལས་གྲུབ་པའི་རྣམ་སྣང་སྐུ།།

རྣམ་སྣང་རྫོ་སྐྱ་རང་བྱོན།

བཙན་པོའི་ཉིན་བྱེད་འོད་ཀྱིས་བསྐྱངས་པ་གནས་གསུམ་པདྨ་དཀར་པོ་ཡིན། །

བཙུན་མོའི་ཟླ་འོད་ཟེར་གྱིས་སྨྱེ་བ་གནས་གསུམ་ཀུནྡ་གཞོན་ནུ་ཡིན། །

ལོ་རྒྱུས་དར་ཐག་རིང་དུ་འཕྱང་བ་གནས་གསུམ་ལོ་ཧི་ཏི་ཏ་ཡིན། །

གྲངས་མེད་རྟེན་དང་བརྟེན་པས་བཀང་བ་གནས་གསུམ་ཏིལ་གྱི་གང་བུ་ཡིན། །

བྱ་ཁྲས་སྐད་ཆེན་འབྲུག་ལྟར་སྒྲོག་བཞིན་གཤོག་ཟུང་རལ་གྲི་ངར་མ་ཡིས།།
གདུག་ཅན་ཀླུ་ཡི་སྦྲུལ་མགོ་བཅད་རྫིང་བཞེངས་པའི་ཁྲ་འབྲུག་ལྷ་ཁང་ནི།།
སྲོང་བཙན་ཉིན་བྱེད་ཟེར་གྱིས་ཕྱེ་བའི་མཐའ་འདུལ་ཡང་འདུལ་གཙུག་ལག་ཁང་།།
ཉི་མའི་གྲངས་དང་ལྡན་པའི་ཁྲོད་ཀྱི་ཐོག་མ་ཐོག་མའི་ལྷ་ཁང་ཡིན།།

འགྲོ་བའི་བསོད་ནམས་གསོག་པའི་ཞིང་དུ་ཨུ་ཀྟི་ཀ་ཡི་ཞལ་ཐང་དང་།།
རྫེ་ཀླིཾ་ལས་གྲུབ་སློབ་དཔོན་ཆེན་པོ་ཟ་ཧོར་མ་ལ་སོགས་པའི་སྐུ།།
རྒྱུ་སྐར་ཚོམ་བུའི་སྤྱན་ཟླར་བཞུགས་པ་ཀུན་གྱི་གཙོ་བོའི་གཙོ་བོ་ནི།།
མགོན་པོ་རི་ལས་སྤྱན་འདྲེན་ཞུས་པའི་རྣམ་སྣང་རྗེ་སྐུ་རང་བྱོན་ཡིན།།

འཛིམ་ལམ་བཞེངས་པའི་རྣམ་སྣང་།

བཙན་པོའི་ཉིན་བྱེད་འོད་ཀྱིས་བསྐྱངས་པ་གནས་གསུམ་པདྨ་དཀར་པོ་ཡིན། །

བཙུན་མོའི་ཟླ་འོད་ཟེར་གྱིས་སྐྱེ་བ་གནས་གསུམ་ཀུནྡ་གཞོན་ནུ་ཡིན། །

ལོ་རྒྱུས་དར་ཐག་རིང་དུ་འཕྱུར་བ་གནས་གསུམ་ལོ་ཧི་ཏི་ཊ་ཡིན། །

གྲངས་མེད་རྟེན་དང་བརྟེན་པས་བཀང་བ་གནས་གསུམ་ཏིལ་གྱི་གང་བུ་ཡིན། །

ཕུར་རྒྱལ་ཐོག་མ་གཉའ་ཁྲི་མཆོག་གིས་ལྷ་རི་གྱང་ཐོའི་དབུ་རྩེ་ནས།།
རང་བྱུང་རྗེ་སྐས་རིང་མོ་བརྒྱུད་དེ་བྱོན་པའི་གནས་མཆོག་ཆེན་པོའི་འདབས།།
རལ་པ་ཅན་གྱི་བཙུན་མོ་ཆེན་པོ་དཔལ་གྱི་ངང་ཚུལ་ཐུགས་བསྐྱེད་ལས།།
བལྟམས་པའི་ལྷ་ཁང་འདི་ཡི་མཚན་ལ་བཙན་ཐང་གཡུ་ཡི་ལྷ་ཁང་ཟེར།།

སྔོ་ལྗང་གཡུ་ལོའི་ལྗོན་པར་འཁྱུ་བའི་ངོ་མཚར་གཡུ་ཡི་རྒྱ་ཐིབས་དང་།།
ཕྱོགས་བཞིར་སྣ་བཞིའི་བཟོ་རྩལ་ཆོས་ཀྱིས་ཀུན་ནས་སྒྲིག་པའི་གཞལ་ཡས་ཁང་།།
གང་ན་འགྲོ་བའི་བསོད་ནམས་ཞིང་དུ་ལྷམ་མེར་བཞུགས་པའི་རྟེན་གཙོ་ནི།།
བྱིན་རླབས་བདུད་རྩིའི་ཟེར་ཕྲེང་འཛག་པའི་འཇམ་གྱི་རྣམ་པར་སྣང་མཛད་ཡིན།།

སྐུ་ཡི་དངོས་གྲུབ་འཛོ་ས།

མཐོ་བ་རྒོད་པོའི་ཚང་དང་མཉམ་པ་ཡར་མོ་སླུང་གི་ཕུག་གསུམ་ཡིན།།

དམའ་བ་གྲོང་གི་ལྷག་ན་གནས་པ་ཡར་མོ་སླུང་གི་ཕུག་གསུམ་ཡིན།།

བར་མ་རི་བོའི་རྐེད་ན་ཆགས་པ་ཡར་མོ་སླུང་གི་ཕུག་གསུམ་ཡིན།།

མཐོ་དམའ་ཀུན་གྱི་གནས་ས་ཟིན་པ་ཡར་མོ་སླུང་གི་ཕུག་གསུམ་ཡིན།།

དམའ་བ་གྲོང་གི་ལྷག་ན་གནས་པ་རས་ཆུང་ཕུག་གི་གཞལ་ཡས་ན།།
པདྨའི་བཞིན་ལ་གཡོ་ལྡན་བུང་བའི་འདྲེན་བྱེད་ཟུང་གིས་སྨིག་ལྡན་ཞིང་།།
མཐོན་མཐིང་རལ་པའི་ཐོར་ལྕོག་ཟླ་ན་འོད་དཀར་ཕྲེད་པས་མཚན་པ་ཅན།།
ཆོས་ཀུན་རྒྱུད་མངས་སྒྲ་རུ་ལེན་པ་ཚངས་པའི་བུ་མོ་དབྱངས་ཅན་མས།།

གངས་ཅན་གྲུབ་བརྒྱའི་སྤྱི་མེས་ཆེན་པོ་རྗེ་བཙུན་མི་ལ་རས་ཆེན་གྱི།།
སློབ་ཚོགས་སྟོན་མཚན་གཡའ་དྭངས་མཁའ་ཡི་ཆེམ་ཆེམ་འོད་འབར་སྐར་ཚོགས་ཁྲིད།།
བཅོ་ལྔའི་དུང་ཟླའི་མཚན་སྨན་འཛིན་པ་རས་ཆུང་རྡོ་རྗེ་གྲགས་པ་ལ།།
དགྱེས་འཛུམ་ཞལ་གྱི་མེ་ལོང་བསྟན་ནས་སྐུ་ཡི་དངོས་གྲུབ་ཆར་དུ་བསྙིལ།།

གསུང་གི་དངོས་གྲུབ་འཛོམས།

མཐོ་བ་རྒོད་པོའི་ཚང་དང་མཉམ་པ་ཡར་མོ་གླུ་གི་ཕུག་གསུམ་ཡིན།།

དམའ་བ་གྲོང་གི་ལྷག་ན་གནས་པ་ཡར་མོ་གླུ་གི་ཕུག་གསུམ་ཡིན།།

བར་མ་རི་བོའི་རྐེད་ན་ཆགས་པ་ཡར་མོ་གླུ་གི་ཕུག་གསུམ་ཡིན།།

མཐོ་དམའ་ཀུན་གྱི་གནས་ས་ཟིན་པ་ཡར་མོ་གླུ་གི་ཕུག་གསུམ་ཡིན།།

བར་མ་རི་བོའི་རྐེད་ན་ཆགས་པ་བཻ་རོ་ཕུག་གི་གཞལ་ཡས་ན།།
ཇི་སྙེད་དོན་ཀུན་ཇི་བཞིན་གཟིགས་ཕྱིར་ཐུགས་ཀར་སླིགས་བམ་འཛིན་མཛད་ཅིང་།།
མ་རིག་སྨག་ནག་ཚར་བུར་གཤགས་པའི་རལ་གྲི་ཕྱག་ན་བསྣམས་པ་ཡི།།
རྒྱལ་ཀུན་ཤེས་རབ་གོང་བུར་ཧྲིལ་བའི་ལྷ་མཆོག་འཇམ་དབྱངས་གཞོན་ནུ་དེས།།

བཻ་རོ་ཙ་ན་ང་དང་མཉམ་ཞེས་མཛེས་སྤུག་གཡུ་ཡི་མེ་ཏོག་ཕྲེང་།།
འཕུར་འགྲོའི་སློབ་དཔོན་ཆེན་པོ་གང་དེས་དབུ་ཡི་རྒྱན་དུ་རབ་བསྐུལ་བའི།།
གངས་ཅན་བོད་ཀྱི་ལོ་ཙྪའི་རྒྱལ་པོ་སྐྱེས་མཆོག་བཻ་རོ་ཙ་ན་ལ།།
དགེས་འཛུམ་ཞལ་གྱི་མེ་ལོང་བསྟན་ནས་གསུང་གི་དངོས་གྲུབ་ཆར་དུ་བསླིལ།།

ཐུགས་ཀྱི་དངོས་གྲུབ་འཛོམས།

མཐོ་བ་རྒོད་པོའི་ཚང་དང་མཉམ་པ་ཡར་མོ་གླུ་གི་ཕྱུག་གསུམ་ཡིན།།

དམའ་བ་གྲོང་གི་ལྷུག་ན་གནས་པ་ཡར་མོ་གླུ་གི་ཕྱུག་གསུམ་ཡིན།།

བར་མ་རི་བོའི་རྐེད་ན་ཆགས་པ་ཡར་མོ་གླུ་གི་ཕྱུག་གསུམ་ཡིན།།

མཐོ་དམའ་ཀུན་གྱི་གནས་ས་ཟིན་པ་ཡར་མོ་གླུ་གི་ཕྱུག་གསུམ་ཡིན།།

མཐོ་བ་རྒོད་པོའི་ཚང་དང་མཉམ་པ་ཤེལ་བྲག་ཕུག་གི་གཞལ་ཡས་ན། །
སྐུ་དང་དགོངས་པ་གདུལ་བྱ་གང་ཅིར་སངས་རྒྱས་གཞན་དག་ལས་ལྷག་ཅིང་། །
སྣང་སྲིད་ཡོད་རྒྱུ་ཟིལ་གྱིས་གནོན་པའི་སློབ་དཔོན་མཚོ་སྐྱེས་རྡོ་རྗེ་ཡིས། །
སྒྲུབ་པའི་རྒྱལ་མཚན་མཐོན་པོ་མཐོན་པོ་ཡངས་པའི་མཁའ་ལ་བསྒྲིངས་པ་ན། །

ཕྱི་རུ་མཁའ་འགྲོ་ཆོས་སྐྱོང་ཐམས་ཅད་སྤྲིན་གྱི་ཕུང་པོ་བཞིན་དུ་འཐིབས། །
ནང་དུ་བཀའ་སྲུང་དམ་ཅན་ཚོགས་རྣམས་བྲན་དང་གཡོག་གི་ཚུལ་དུ་བཀོལ། །
ཞི་ཁྲོ་བཀའ་བརྒྱུད་ལྷ་ཚོགས་ཐམས་ཅད་དགྱེས་མཉེས་འཛུམ་གྱི་པདྨ་དཀར། །
ལྷུག་པར་གྲོལ་ཏེ་གང་ལ་ཐུགས་ཀྱི་དངོས་གྲུབ་ཆེན་པོ་ཆར་དུ་བསྙིལ། །

ཤེལ་བྲག་རྡོ་རྗེའི་ལྷུན་པོ།

ངོས་འཛམ་ཤེལ་གྱི་གཞལ་ཡས་ཁང་ལ་ཙོ་འདྲི་བྱེད་པའི་བྲག་རི་གང༌།།

སྲུ་མཁྲིགས་ལྕུགས་ཀྱི་གོང་བུར་གྲུབ་པས་མི་ཤིགས་རྡོ་རྗེའི་ལྷུན་པོ་ཡིན།།

སྔོ་བསངས་ནམ་མཁའི་བུ་མོ་གཞོན་ནུའི་ལྟོ་བ་འབིགས་པའི་རི་བོ་གང༌།།

དབུ་རྩེ་སྤྲིན་གྱི་གསེབ་ལ་ཟུག་པས་ནམ་མཁར་འདེགས་པའི་ཀ་བ་ཉིད།།

སྣང་སྲིད་ཐམས་ཅད་ཟིལ་གྱིས་གནོན་པའི་འཕྲུར་འགྲོའི་སློབ་དཔོན་ཆེན་པོ་ཡིས། །
ལུང་དུ་བསྟན་ཅིང་ཞབས་ཀྱིས་བཅགས་ལ་བྱིན་གྱིས་བརླབས་པའི་གནས་མཆོག་སྟེ། །
ཡར་ཀླུང་ཤེལ་གྱི་བྲག་ཅེས་འབོད་པའི་སྣན་པའི་གཟི་འོད་ལམ་ལམ་དུ། །
འབར་བའི་གཡུ་ཡི་དོ་ཤལ་རིང་མོས་ཕྱོགས་ཀྱི་བུ་མོའི་མགུལ་པ་སྤུད། །

ན་བུན་སྟོད་གཡོགས་སྨུག་མོའི་གསེབ་ནས་གོང་མོས་དྲུག་འགྱུར་གླུ་རུ་བྱས། །
གཡང་གཟར་བྲག་རི་སྨུག་པོའི་ལོགས་ལ་རྒོད་པོས་ཚང་མལ་དྲོན་མོ་བཅས། །
གཡའ་སྤང་འདྲེས་མའི་མཚམས་དང་མཚམས་སུ་ཧིང་འཛིན་ཟས་ལ་འབྱམས་པ་ཡི། །
རྣལ་འབྱོར་ཕོ་མོ་ཚོ་དང་ཚོ་ཡིས་སྒྲུབ་པའི་རྒྱལ་མཚན་མཁའ་ལ་བསྒྲེངས། །

ལྷ་བྲ་ས་ལ་འབབ་ས།

གཡུ་ཡི་ལོ་མ་ཐགས་སུ་བཀྲ་བའི་ཚང་ཚིང་ལྗོན་པའི་ཕ་ས་དང་།།
ཆིལ་ཆིལ་རྦབ་ཆུའི་དར་ཐག་དཀར་པོའི་འཁྱིང་འཁྱིལ་རིང་དུ་བསྒྲིངས་པའི་གནས།།
སྔོ་རོང་མོན་པའི་ཡུལ་གྱི་གཉིང་ནས་དཔྱིད་ཀྱི་རྒྱལ་མོ་སྒྲུ་ལེན་མ།།
སྒྲུ་སྙུག་ན་བཟའ་ལུས་ལ་བསྒྲུབས་པའི་ལྷ་བྲ་བྲུ་བྲུག་སྔོན་མོ་གང་།།

གྲི་འགྱུར་འབུམ་གྱི་པི་ཝང་དཀྲོལ་ཅིང་རེ་བའི་ས་བོན་ཏུམ་བཞིན་དུ།།
ངོ་མཚར་འབུམ་གྱི་གཞོག་འགྱུར་རྩེན་ཅིང་དྲོ་སྐྱིད་ཧ་ལ་བཅིབས་བཞིན་དུ།།
བཀྲ་ཤིས་འབུམ་གྱི་དཔྱིད་དཔལ་བསྣམས་ཤིང་བདུད་རྩིའི་རོ་ཡིས་མྱོས་བཞིན་དུ།།
ཚིབས་ཀྱི་ཁ་ལོ་ཐོག་མ་ཐོག་མ་ཡུལ་གྱི་དམ་པ་འདི་རུ་བསྒྱུར།།

དེ་ནས་བཟུང་སྟེ་ཁྱོད་ཀྱི་མཚན་ལ་བྱ་ས་ཞེས་པའི་སྙན་པ་འཕུར།།
དེ་ནས་བཟུང་སྟེ་བྱ་ཡི་རྒྱལ་པོས་བྱ་ལ་བྱ་ཡི་ཁྲིམས་ལུགས་བཅས།།
དེ་ནས་བཟུང་སྟེ་བཞི་པའི་བཅོ་ལྔར་འདི་ན་བྱ་རྒྱལ་འཆར་ཅན་ཕེབས།།
དེ་ནས་བཟུང་སྟེ་བཞི་པའི་བཅོ་ལྔར་མི་ཚོས་བྱ་རྒྱལ་འཆར་ཅན་བསུས།།

མཆོད་རྟེན་སྐར་ཆོགས་དབུས་ན།

ཕྱི་དར་བསྟན་པའི་གདུགས་དཀར་ཡུག་ཆེན་རྒྱང་ནས་འདེགས་པའི་ཀ་བའི་གྲས། །
གླུ་མེས་གཙང་ཆབ་སྔོན་མོས་བསྐྱངས་པའི་གྱུ་མེར་ཚུལ་ཁྲིམས་འབྱུང་གནས་ཀྱི། །
ཐུགས་བསྐྱེད་དྭངས་གཙང་རྫིང་ལས་བལྟམས་པའི་སྟར་མེད་པདྨ་དཀར་པོ་ཞིག །
དཀར་ཡོལ་བཟོས་རྫས་སོལ་ནག་སྤུངས་པའི་ཐང་པོ་ཆེ་ན་ཞལ་ཁ་བྱེ། །

ཤར་ན་ཚེ་སྤྲུང་འབུམ་པ་ཞེས་དང་ལྷོ་ན་དབུ་སྟོན་མཆོད་རྟེན་དང་།།

ནུབ་ན་ཀཱི་སྒོ་བཞི་དང་ནི་བྱང་ན་ཡིད་ཆེས་འབུམ་པ་དང་།།

བར་དང་བར་ན་བྱང་ཆུབ་མཆོད་རྟེན་ཉིས་གཤིབ་ཅན་སོགས་མཐའ་སྐོར་ཀུན།།

མཆོད་རྟེན་བརྒྱ་རྩ་སྐར་མའི་ཕྲེང་བས་ཡོངས་སུ་བསྐོར་བའི་ཆོས་སྡེ་ན།།

ཁ་བ་ཅན་གྱི་གདུལ་བྱ་རྣམས་ལ་བཀའ་དྲིན་རྒྱ་མཚོའི་བདག་ཉིད་ཅན།།

ལྷ་གཅིག་དི་པཾ་ཀ་ར་མཆོག་གིས་བྱིན་རླབས་ཆར་ཆེན་ཕབ་མཛད་ཅིང་།།

ཁུ་སྟོན་བརྩོན་འགྲུས་གཡུང་དྲུང་ཞབས་ཀྱིས་འཕྲིན་ལས་འོད་དཀར་ཕྲེང་བ་འབུམ།།

སྤྲོས་ནས་བཤད་དང་སྒྲུབ་པའི་འདབ་མ་བསྐལ་བརྒྱའི་བར་དུ་གྲོལ་བར་མཛད།།

སྤྱན་རས་གཡས་ཀྱི་ནོར་བུ།

མདོ་དོན་ཟབ་ཁྲིད་གཙུབ་ཅིང་བརྡར་ནས་མ་གཅིག་ཤེས་རབ་མེ་ལ་སྦར།།

ཀ་བ་བུམ་པ་ཅན་གྱི་ལོགས་ནས་རྒྱུད་བཞིའི་ནོར་བུ་གཏེར་དུ་བཞེས།།

རི་དང་རི་སུལ་ཀུན་ཏུ་སྐྱུལ་ནས་གནས་གཞི་བརྒྱ་དང་ཙ་བརྒྱད་བཏིང་།།

གཡུ་ཡི་གཞོང་པར་སྨུ་ཏིག་ཆོས་བུ་ཕྲ་རུ་བཏབ་པའི་སྤྱན་དུ་བྱུས།།

རྒྱལ་པོའི་བསྟན་གྱི་སྤྱིན་ནག་ཡོལ་བ་ཚལ་པར་གཉགས་པའི་གྲི་གུ་སྟེ། །
རིན་ཆེན་རྫ་ཡི་སྨན་མཆོག་འབྲུངས་པའི་བྱིན་རླབས་ཅན་གྱི་ཡུལ་ཞིག་ན། །
གང་གིས་བཏབ་པའི་གནས་གཞི་བརྒྱ་རྩ་རབ་དཀར་མུ་ཏིག་ཚོམ་བུའི་ཕྲེད། །
ཆེམ་ཆེམ་འོད་ཀྱི་ཟེར་མ་འཚེར་བའི་གནས་མཆོག་མུ་ཏིག་དོག་པ་ཡིན། །

བྱིན་རླབས་བདུད་རྩི་འོད་དུ་འབར་བའི་རྟེན་བཟང་སྐར་ཚོགས་ཁྲིང་བའི་དབུས། །
བཅུ་དྲུག་ཆ་ཤས་ཡོངས་སུ་རྫོགས་པའི་ཤྲཱ་རིའི་བུ་ཡི་སྤྱན་རས་གཡས། །
སྙིང་པོར་བཞུགས་པའི་རྟེན་འབྲེལ་ཆོས་ལས་སྤྱན་གཡས་ཞེས་པའི་མཚན་གྱི་སྒྲ། །
དྲི་ཟའི་བུ་མོའི་རྒྱུད་མངས་དབྱངས་དང་བསྡེབས་ནས་བར་སྣང་ཡངས་པོ་བཀང་། །

རབ་དཀར་འོ་མའི་མཆོད་པ།

རྫ་རི་ཀུན་བཟང་མཐོ་ཞིང་བརྗིད་པ་ནམ་མཁའ་འདེགས་པའི་ཀ་བ་ཡིན།།
ལུག་རྫི་རྒན་པོ་བྱམས་ཤིང་བརྩེ་བ་གཡང་དཀར་ལུག་ཁྱུའི་ཕ་མ་ཡིན།།
ར་མ་དཀར་མོ་ཉིན་གྱི་དུས་སུ་ཁྱུ་ལས་བྱོལ་ནས་མི་མངོན་ཡང་།།
དགོང་མོ་ལྷས་ལ་ཁྱུ་དང་མཉམ་དུ་བདེ་བར་གཟིམ་པ་ཡ་རེ་མཚན།།

བརྟགས་ཤིང་དཔྱད་པས་སྤང་བླངས་སྟོན་མོ་གཡུ་ཡི་གཞོང་པ་འདྲ་བའི་ནང་།།
ར་མ་དཀར་མོས་གཟི་བྱིན་འོད་འབར་བདེ་བར་གཤེགས་པ་བརྒྱད་སྐུ་ལ།།
རབ་དཀར་འོ་མའི་མཆོད་པ་ཕུལ་ནས་ཚོགས་ཀྱི་ཞིང་བུ་བསྐྱིལ་བ་མཛལ།།
འཁྲིས་ལ་བཅར་བས་མི་གྲིབ་ཕོག་ནས་ལྷ་སྐུ་གསུམ་ཞིག་དེ་རུ་ལུས།།

ལྷ་སྐུའི་ཞལ་གྱི་གངས་ལས་བབས་པའི་བཙོལ་གཏམ་ཆབ་ཀྱིས་བྲན་པ་ན།།
རིན་ཆེན་ཟླ་བ་སྤྱན་གཡས་རྟེན་གྱི་སྐར་ཚོགས་དབུས་ཀྱི་ཉ་ཟླར་བཞུགས།།
སྟོན་པ་མཚན་ལེགས་རོལ་ཁང་གནས་དང་སྨན་པའི་རྒྱལ་པོ་ཡར་གླུང་གི།
ལྷ་རུའི་གཞལ་ཡས་དབུས་སུ་དྲངས་པས་བདུད་རྩིའི་ཐིགས་པ་དེང་ཡང་འཛགས།།

ལྷ་མཆོད་ཐོས་བསམ་སྒྲིང་དང་འཇམ་དབྱངས་གྱང་ཐིམ་མ།

ཐོག་མར་དགེ་བ་བླུ་མེས་ཆེན་པོས་བཏབ་པའི་བཀའ་གདམས་གདན་ས་སྟེ། །
རྩེད་ཐང་ཆོས་གྲྭ་ཆེན་པོ་ཞེས་པའི་གྲགས་པའི་ཛ་ཆེན་གང་སར་ལྡིར། །
བར་དུ་དགེ་བ་ཏྭ་སི་ཆེན་པོས་ཐུབ་པ་གསེར་གླིང་སྐུ་དང་བཅས། །
གདན་ས་ཆེན་པོ་ལེགས་པར་བསྐྱངས་ནས་འགྲོ་ཀུན་བདེ་བའི་ས་ལ་བཀོད། །

ཐ་མར་དགེ་བ་ཤར་ཕྱོགས་ཙོང་ཁའི་ཡུལ་ན་ལྟེ་ཁྲག་འཕོ་བ་ཡི།།
ཁམས་གསུམ་ཆོས་ཀྱི་རྒྱལ་པོ་ཆེན་པོ་བློ་བཟང་གྲགས་པ་འདིར་ཕྱིན་ཏེ།།
མཁྱེན་བརྩེའི་རྒྱ་འཛིན་འཁྲིགས་པའི་དབུས་ནས་རིམ་གཉིས་ཆོས་ཀྱི་ཆར་པ་ཕབ།།
འགྲོ་རྣམས་ཐར་པའི་ལམ་ལ་བཀོད་པའི་མཛད་པའི་གཟི་བྱིན་འབར་བ་ན།།

ཤེས་རབ་ལྷ་མཆོག་འཇམ་དབྱངས་གཞོན་ནུ་དགྱེས་པ་རབ་ཀྱི་རྩེར་སོན་ཏེ།།
འཇུམ་དཀར་འོད་ཀྱིས་སྐྱེག་པའི་ཞལ་དཀྱིལ་རྗེ་ལ་གཟིགས་དང་ལྷན་ཅིག་ཏུ།།
རྗེ་ཡི་སྐུ་ལ་ཐིམ་པར་ཉེ་ཚེ་མ་འོངས་འགྲོ་བའི་དད་རྟེན་དུ།།
ཀྱང་ལ་ཐིམ་ཞེས་རྗེ་ཡིས་གསོལ་བས་འཇམ་དབྱངས་ཀྱང་ཐིམ་དེ་ནས་བྱུང་།།

རྗེ་ཙོང་ཁ་པ་དང་ཡར་སྐྱུང་རྣམ་རྒྱལ་ལྷ་ཁང་།

ཕག་གྲུའི་ཕོ་བྲང་ཚུ་ཞེལ་ལྷུན་པོ་འོད་དུ་འབར་བའི་ལྷོ་ནུབ་མཚམས།།
ཤམ་ཆུ་སྔོན་མོ་ཉིན་མཚན་མེད་པར་ལྷུང་ལྷུང་བཞུར་བའི་ནུབ་ངོགས་ན།།
ཡར་སྐྱུང་རྣམ་རྒྱལ་ལྷ་ཁང་ཞེས་པ་གཞི་ཁྲོན་གཞན་ལ་མི་དོ་ཡང་།།
དོན་གྱི་འོད་ཟེར་ཕྲོ་བ་འབར་བའི་གསེར་གྱི་ཉི་མ་ཆེན་པོ་ཡོད།།

འདི་ནི་ཚུལ་ཁྲིམས་དྲི་བསུང་ངད་པ་འཛམ་བུའི་གླིང་ན་འཕྱུལ་བ་ཡི། །
རླབས་ཆེན་སྐྱེས་བུ་དམ་པ་ཞིག་གི་བསྙེན་རྫོགས་དང་ཟབ་བཞེས་ས་ཡིན། །
འདི་ནི་འཆད་རྩོད་རྩོམ་གྱི་སྣང་ཆར་ས་ལ་ཤག་ཤག་འབེབས་པ་ཡི། །
མཁས་བཙུན་བཟང་པོའི་ནོར་བུ་ཞིག་ལ་དྲི་མེད་འོད་ཟེར་འབར་ས་ཡིན། །

འདི་ཡི་རྩྭ་ཐང་རེ་རེའི་རྩེ་ན་བྱིན་རླབས་ཟིལ་ཐིགས་འཁྱུམ་དུ་ཆགས། །
འདི་ཡི་ཉི་ཟླའི་གཞལ་ཡས་ཁང་ནས་འོད་ཟེར་བྱེ་བའི་གཏེར་ཁ་བརྫོལ། །
འདི་ཡི་འབྲུག་སྒྲ་ཟབ་མོའི་དབྱངས་ཀྱིས་རྨ་བྱའི་མངལ་དུ་བདུད་རྩི་སྦྲུམ། །
འདི་ཡི་སྣང་ཆར་ཟིལ་མའི་བརླན་གྱིས་པདྨའི་ཐུམ་ནས་ཟིལ་མངར་འཛག །

གསང་སྔགས་གཟིམ་སྤྱིལ་དང་ཚ་ཤིག་ཕར་རུབ།

སྣང་ཆེན་ཧ་མཆོག་རྨ་བྱ་སེང་གེས་ཕྱོགས་བཞི་ནས་བཏེགས་ལྷུན་པོ་སྟེ། །

སྤྲེལ་སྤྲིན་རྒྱུད་པའི་འོད་ཀྱི་ཟེར་ཐིགས་ཕྱོགས་བཅུར་སྤྲོ་སའི་མགོན་པོ་རི། །

གང་གི་ཚུ་ལྷའི་ཐད་ཀྱི་ཕང་ན་འཁོར་ལོ་སྡོམ་པའི་གནས་ཀྱི་མཆོག །

གསང་སྔགས་གཟིམ་སྤྱིལ་ཚ་ཤེལ་ཕོ་བྲང་ཨུཀྲི་ཀཱ་ཡི་ཆོས་བུ་ཡིན། །

ཕྱག་སྟོང་སྤྱན་སྟོང་འཛུམ་པའི་འོད་སྣང་ཕྱོགས་བཅུའི་མཁའ་ལ་སྤྲོས་པ་ན།།
རིགས་དྲུག་འགྲོ་བའི་སྡུག་གི་མུན་པ་རྒྱ་མཚོ་ཆེན་པོའི་ཕ་མཐར་བསྐྲད།།
བཙུན་མ་གཞོན་ནུའི་མགྲིན་པའི་སྤྲུབས་ནས་འཁོར་ལོ་སྒོམ་པའི་ཚོགས་ཀྱི་གླུ།།
ལྷང་ལྷང་གཡེར་བས་མི་ཚོའི་སྣང་བ་མཁའ་སྤྱོད་གནས་སུ་ཁྲིད་པར་བྱེད།།

སྤོ་ལྗོང་ནེའུ་གསིང་སྐྱེག་མོའི་ཕང་ནས་འབྲུངས་པའི་ཤར་ཀྱི་ལྡིང་ཀ་གང་།།
འགྲོ་བའི་ནད་གདོན་སྡིག་སྒྲིབ་སེལ་བའི་རྣམ་འཇོམས་ཁྲུས་ཀྱི་ཟླ་ཡིན་ན།།
གཡུ་རྣ་ཅན་གྱི་ལྗོན་སྡོང་རྒས་པོའི་ཞབས་འོག་ལས་འབྲུངས་ཆུ་མིག་ནུབ།།
ཡ་མ་ནག་པོའི་ནད་རིགས་འཇོམས་པའི་ཆེད་སྤྱོད་སྨན་ཁང་ཅིས་མ་ཡིན།།

སྙེ་གདོང་རྒྱལ་པོའི་ཕོ་བྲང་།

སྨན་ལྗོངས་གཡོ་ཏུའི་འཛིན་མའི་ལྟེ་བ་ཁྲ་འབྲུག་གཙུག་ལག་ཁང་གི་འདབས། །
སྤྲེལ་སྤྲིན་རྒྱུད་པའི་སྐར་ཚོགས་མཆེད་ས་མགོན་པོ་རི་ཡི་ལྗོ་ནུབ་མཚམས། །
ཤྲཱ་ཕོ་བཀྲ་ཤིས་དར་རྒྱས་དང་ནི་ཤྲཱ་མོ་དཔལ་འཛོམས་བུ་ཁྲིད་ཀྱི། །
སྐྱིད་སྡུག་གཏམ་རྒྱུད་ས་རྫ་རེ་རེར་ཐིམ་སའི་རི་ཚུང་དམར་མོའི་སྟེང་། །

རྐན་མོ་གསེར་ཁུར་ཞེས་པའི་ལོ་རྒྱ་རྫོགས་ལྡན་གསེར་གྱི་ཉི་མ་ཞིག །
གངས་ཅན་སྣ་ལའི་སྨན་ལྗོངས་འདི་ན་འདྲེན་པའི་སྐྱ་རེངས་གཞོན་ནུ་སྟེ། །
གྲགས་པའི་དབྱར་ཇ་ལྷང་ལྷང་ཞིར་བའི་ཏྭ་སི་བྱང་ཆུབ་རྒྱལ་མཚན་གྱི། །
ཕོ་བྲང་ཆེན་པོ་ཉི་མའི་གཟི་བྱིན་འབར་བ་གང་དེ་འཁྱིད་ནས་ཡོད། །

བསོད་ནམས་དབྱར་གྱི་ཆུ་གཏེར་ཆེན་པོར་ཐ་རླབས་དཀྲུང་དུ་འདི་ནས་འཕྱུར། །
བློ་གྲོས་དགོས་འདོད་ནོར་བུའི་ཕྲེང་བར་གཟི་བྱིན་འོད་ཟེར་འདི་ནས་འབར། །
སྟོབས་འབྱོར་མངའ་ཐང་གསེར་གྱི་གཤོག་པ་རིང་ཞིང་ཡངས་པ་འདི་ནས་བརྒྱངས། །
བོད་མིའི་ལུས་དང་སེམས་ཀྱི་ཁང་བུར་བདེ་བའི་འོད་ཅིག་འདི་ནས་འཕྲོས། །

ཁྲ་འབྲུག་སྨུ་ཏིག་ཞལ་ཐང་།

གདོང་དམར་མེས་པོའི་ལྷེ་ཁྲག་འཕོ་ས་མགོན་པོ་རི་ཡི་འདབས་རོལ་ན།།
ཕག་མོ་གྲུ་པའི་རྒྱ་ཞལ་ཕོ་བྲང་དགའ་སྐྱིའི་ཉི་འོད་འཁྱིལ་ས་ན།།
མཚར་སྡུག་མེ་ཏོག་སྟོང་གིས་སྤུད་པའི་འཛེ་སྒེག་ཉམས་ལྡན་བཙུན་མོ་ཞིག།
དད་པའི་རྦ་རླབས་འགོག་ཏུ་མེད་པ་ལང་ལོང་མཁའ་ལ་འཕྱུར་བ་ལས།།

ཁ་ཆེ་པཎ་ཆེན་རྗོད་པའི་གཡུལ་ལས་རྒྱལ་བྱེད་བ་དན་སྒྲེང་མཁན་ཏེ། །
འགྲོ་བའི་བསོད་ནམས་ཞིང་དུ་གྱུར་པའི་སློབ་མ་གསུང་བྱོན་སྐུ་མཆོག་ལ། །
ཞལ་གསེར་མཆོད་པའི་སྦྱིན་ཕུང་དཀྲིགས་འབྲས་བསམ་པའི་ཡུལ་ལས་འདས་པ་སྟེ། །
གསུང་གི་ཆུ་རྒྱུན་ལྷུང་ལྷུང་འཇོ་བ་ལྷག་ཆུ་ཚད་པའི་རྫིང་བུར་སྣང་། །

འགྲོད་པའི་མེ་ལྕེ་མཁའ་ལ་འབར་ནས་རང་གི་ལུས་རྒྱན་ཐམས་ཅད་བཀྲོལ། །
འགྲོད་པའི་མེ་ལྕེ་མཁའ་ལ་འབར་ནས་མུ་ཏིག་དོག་པ་ཐམས་ཅད་སྤུངས། །
འགྲོད་པའི་མེ་ལྕེ་མཁའ་ལ་འབར་ནས་འཕགས་མཆོག་སྤྱན་རས་གཟིགས་དབང་གང་། །
སེམས་ཉིད་ངལ་གསོའི་ཚུལ་དུ་བཞུགས་པའི་མུ་ཏིག་ཞལ་ཐང་གསར་དུ་བཞེངས། །

དགའ་ལྡན་ཆོས་འཁོར་གླིང་།

གདོང་དམར་པོད་པའི་ཨུ་ཧྲིག་ཆོས་བུ་མངལ་དུ་སྦྲུམ་སའི་ལྷུན་པོ་སྟེ།།
མགོན་པོ་རི་ཞེས་སྙན་པའི་བ་དན་ལྷབ་ལྷུབ་གཡོ་བའི་འདབས་རོལ་ན།།
གནའ་གྲོང་རྩེད་ཐང་ལྷ་ལམ་ཡངས་པོར་ཁང་བཟང་སྐར་ཚོགས་བཀྲ་བའི་ཁྲོད།།
བཙོ་ལྷའི་དུང་ཟླ་གཅིག་པུར་གྱུར་པ་དགའ་ལྡན་ཆོས་འཁོར་གླིང་ཉིད་ཡིན།།

གསང་ཆེན་སྔགས་ཀྱི་རྒྱུད་གྲྭ་སྨད་པའི་མཁན་ཆེན་དཔལ་འབྱོར་གྲགས་པ་མཆོག །

མི་ཆེན་རྒྱལ་པོའི་བཀའ་ཡི་ཅོད་པན་བདེ་ཆེན་འཁོར་ལོའི་རྒྱན་དུ་བཅིངས། །

དགོན་ཆེན་འདི་ཡི་གདན་རབས་ཕྲེང་བའི་རིན་ཆེན་ཁྲི་ལ་འཛེགས་བྱས་ནས། །

དགའ་ལྡན་བསྟན་པའི་ཉིན་བྱེད་འོད་ཟེར་འདི་ཡི་བར་སྣང་ཁམས་ནས་སྤྲོས། །

བསོད་ནམས་སྟོབས་ཀྱི་འཁོར་ལོས་བསྒྱུར་བའི་མི་དབང་ཆེན་པོས་སྦྱིན་བདག་མཛད། །

བྱམས་མགོན་ཆེན་པོའི་སྐུ་ཡི་ཉེ་མར་འོད་ཟེར་སྟོང་གི་གཟི་བྱིན་འབར། །

འདུས་པའི་འཕེལ་བ་དབྱར་ཟླ་དྲུག་པའི་ཡར་ཀླུང་གཙང་ཆུའི་དོ་ཟླར་ཆས། །

འཆད་རྩོད་རྩོམ་པའི་བྱ་རླབས་ཆེན་པོ་ཉིན་ནས་ཉིན་བཞིན་མཁའ་ལ་འཕྱུར། །

སྐྱེས་ཆེན་སྒྲོན་པའི་རྩ་བ་འདི་ནས་ཚུགས།

ས་སྲུང་དབང་པོ་འཁྱིང་དང་འདྲ་བའི་ས་འཛིན་མཐོན་པོའི་ཕང་བ་ན།།
མི་ཤིགས་རྡོ་རྗེའི་བྲག་ལ་བཅས་པའི་འཕྱིང་བ་སྟག་རྩེའི་གཡས་ཕྱོགས་ན།།
ཉི་ཁྲི་འཛིན་པ་བློ་གྲོས་དཔལ་བཟང་ཐུགས་བསྐྱེད་འོ་མཚོའི་གླིང་ཡངས་ལས།།
ཁྲིམས་གཙང་འདུས་སྡེ་ཐུབ་བསྟན་རི་བོ་བདེ་ཆེན་རྣམ་རྒྱལ་གླིང་འདི་བརྙམས།།

གངས་ཅན་ལྷ་གཅིག་ཐམས་ཅད་མཁྱེན་པ་དགེ་འདུན་རྒྱ་མཚོ་དཔལ་བཟང་པོ།།

འདི་ཏུ་ཆིབས་ཀྱི་ཁ་ལོ་བསྒྱུར་ནས་མཁྱེན་བརྩེ་ཆར་སྤྲིན་སྟོན་པོ་ལས།།

ཆོས་འཁོར་སྤྲང་ཆར་ཐེམ་བུ་དབབ་ཅིང་ཛ་མཆོད་འདྲེན་པ་མཉམ་མེད་མའི།།

ནོར་བུའི་འོད་སྣང་འདི་ནས་སྤྲོས་པའི་མཛད་པ་དེང་ཡང་ཉམས་པ་མེད།།

ལྷ་པ་ཆེན་པོའི་ཉིན་བྱེད་དཀྱིལ་འཁོར་དབང་ཕྱོགས་ས་འཛིན་མཐོན་པོ་ནས།།

འཛུམ་མ་ཐག་པའི་ཐོག་མའི་ཆོས་ཞུགས་བྱིན་ཅན་གནས་མཆོག་འདི་ཏུ་མཛད།།

ཕྱིས་སུ་འོད་ཟེར་བྱེ་བ་ཁྲག་ཁྲིག་གངས་རིའི་དབུས་ན་འབར་བའི་ཚེ།།

འདི་ཡི་མཚོ་རྙིང་དྭངས་མོར་འཁྲུངས་པའི་པདྨའི་འདབ་མ་རྒྱས་པར་བྱས།།

རྗ་རིང་སྲ་མོ་ཞིག་གི་རོད་ཏུ།

དཀར་པོ་ཞེལ་གྱི་མཆོད་རྟེན་འདྲ་བའི་ཤམ་པོ་གངས་ཀྱི་ཉེ་འདབས་ན། །

སྔོན་མོ་གཡུ་ཡི་གཞོང་པ་འདྲ་བའི་ཡར་མོ་སླུང་གི་ཕུ་ཞིག་ན། །

བདུད་རྩིའི་ཆུ་རྒྱུན་འཁྱུར་འཁྱུར་དོན་པའི་སྨན་ཆུ་ཁ་ཡི་དབུ་ཐོད་ན། །

ཀརྨ་ལྷ་ཁང་སྐུ་གསུམ་སྒྲུབ་བརྒྱུད་ཐུབ་བསྟན་ཆོས་འཁོར་གླིང་དེ་བཞུགས། །

འདི་ཀོ་དྲི་བྲལ་ཚངས་སྦྱོད་ན་བཟས་སྐྱུ་ཡི་གསེར་རི་ལེགས་པར་བསྐུབས།།
བཀའ་པོད་ལྔ་དང་རྒྱུད་སྡེ་བཞི་ཡི་དོ་ཤལ་རིང་མོས་མགུལ་པ་སྤུད།།
གང་གསན་ཆོས་རྣམས་ཁ་ཐོག་མ་ལུས་ཉམས་བཞེས་ཆུ་བོའི་རྒྱུན་གྱིས་སྐྱོང་།།
གྲུབ་མཐའི་ཕྱོགས་རིས་ལས་ལ་མ་མཉེས་བཀའ་དགེའི་འབྲུགས་པ་སྣུམ་མཛད་པའི།

ཀརྨ་བདུན་པ་མི་བསྐྱོད་རྡོ་རྗེ་དེ་ཉིད་ཙཱ་རི་ཏྲ་ཡི་གནས།།
འཁོར་ནས་ཚུར་ལམ་ས་འདིར་ཕེབས་ཚེ་དགོངས་པ་ཆོས་དབྱིངས་ཐིམ་པ་ལ།།
དྲན་གསོའི་རི་མོ་བསྐལ་བརྒྱའི་བར་དུ་བཀོས་ཕྱིར་ཞྭ་དམར་ལྔ་པ་ཡིས།།
རྗེ་རིང་སྲུ་མོ་ཞིག་གི་དོད་དུ་དང་བས་བཞེངས་པའི་ལྷ་ཁང་ཡིན།།

དཔལ་རི་ནོར་བུ་འོད་འབར།

ལུ་ཆུ་སྔོན་མོ་ཤང་ཤང་རྒྱུ་བའི་འཁྱོངས་རྒྱས་ལུང་པའི་ཕུ་ཞིག་ན།།

ཟོ་ཟླའི་ཆར་རླུང་ཁྲོད་ན་འཁྲིངས་པའི་བང་སོ་དམར་པོའི་ལྷོ་ཕྱོགས་ན།།

བྱིན་རླབས་བདུད་རྩི་འོད་དུ་འཛོམས་པའི་མཆོད་རྟེན་ཆེན་པོའི་འགྲམ་ངོགས་ན།།

འཇིགས་མེད་གླིང་པའི་ལྟེ་བའི་མཚལ་ཐིགས་ས་ལ་ལྷུང་བའི་གནས་མཆོག་ན།།

སྤྱི་འགྱུར་རྙིང་མའི་བགྲང་ཡས་དགོན་སྡེ་སྟོན་མཚན་མཁའ་ཡི་སྐར་ཚོགས་ཁྲིད།།
དབུས་ན་རྫོང་སྨིན་དཔལ་གསུམ་ཞེས་པའི་གྲགས་སྙན་འོད་ཀྱིས་འཁྲུད་ལྡན་པ།།
བཅུ་དྲུག་ཆ་ཤས་ཡོངས་སུ་རྫོགས་པའི་ཐེག་ཆེན་ངེས་དོན་དགའ་བའི་ཚལ།།
བཀའ་གཏེར་བསྟན་པའི་མེ་ཏོག་འབུམ་ཕྲག་ལྷུག་པར་གྲོལ་བ་དཔལ་གྱི་རི།།

ཐོག་མར་དགེ་བ་འཕྲེང་པོ་གཏེར་སྟོན་ཤེས་རབ་འོད་ཟེར་ཐུགས་བསྐྱེད་མཚོ།།
འཕྲིན་ལས་ཐ་རླབས་ལང་ལོང་འཁྱུར་བའི་གློང་ལས་ལེགས་པར་བལྟམས་པ་དང་།།
བར་དང་མཐའ་མར་རབ་ཏུ་དགེ་བ་རིག་འཛིན་ཀུན་བཟང་རྣམ་རྒྱལ་སོགས།།
སྐྱེས་ཆེན་ཉི་ཟླའི་གཟི་ཡིས་བསྐྱངས་པ་ཟངས་མདོག་དཔལ་གྱི་རི་བོ་དངོས།།

གེའུ་དགོན་དང་སེང་གདོང་མའི་སྒྲུབ་ཕུག

མ་བཙོས་རང་བྱུང་མཆོད་རྟེན་ཆེན་པོ་ཤམ་པོ་གངས་ཀྱི་ལྷོ་ནུབ་མཚམས། །

རྩེ་མོ་གངས་རི་ཀྲེད་པ་རྫ་རི་རྩ་བ་སྤང་རི་ལས་གྲུབ་པའི། །

དབེན་གསུམ་བདུད་རྩི་མཚོ་རུ་འཁྱིལ་བའི་གཡའ་སྤང་འདྲེས་མའི་གནས་ཤིག་ན། །

གངས་དཀར་གི་འུ་བཀའ་བརྒྱུད་གསང་སྔགས་ཕོ་བྲང་ཞེས་བྱའི་དགོན་ཆུང་ཞིག །

གང་ལས་རྒྱང་གྲགས་གཅིག་གིས་ཚོད་པའི་རྫ་རི་སྨུག་པོའི་སུལ་ཞིག་ན།།
ལྭ་བ་དཀར་པོའི་རྗེ་ལེབ་དཔལ་ལ་འགྲན་བཟོད་ཕ་བོང་ཆེན་པོའི་འོག།
བྱིན་རླབས་བདུད་རྩི་འོད་དུ་འཛགས་པའི་རང་གཤོང་སྤྱིལ་ཆུང་དྲོན་མོ་ན།།
རྗེ་བཙུན་བླ་མ་བསྟན་འཛིན་དཔལ་བཟང་སེང་གདོང་མ་ཡི་སྒྲུབ་པར་བཞུགས།།

སླད་ནས་སེང་གདོང་འགྲུབ་པའི་མཚན་མར་རང་བྱུང་གོར་མ་གང་དེ་ལས།།
དམར་པོ་ཁྲག་གི་རྒྱུན་ཞིག་བཞུར་བས་དེང་ཡང་ཕ་བོང་དམར་པོར་སྣང་།།
དེ་ཡི་བྱིན་གྱིས་དགོན་དེའི་གྲྭ་བཙུན་ཕལ་པ་ཕལ་པ་ཞིག་གིས་ཀྱང་།།
སེང་གདོང་བཟློག་པ་ལན་གཅིག་བྱས་མཐུར་སུ་དང་གང་གིས་འགྲན་ནུས་མེད།།

ཚེ་རིང་རྣམ་དྲུག་འཛོམས་པའི་གནས་ལྗོངས་དེར།

མི་ཤིགས་མི་འགྱུར་རྡོ་རྗེའི་སྲོག་ལ་བཅས་པའི་ཚེ་རིང་ལྷུན་པོའི་འདབས། །

དྭངས་བསིལ་ཡན་ལག་བརྒྱད་དང་ལྡན་པའི་ཚེ་རིང་བདུད་རྩིས་བརླན་པ་ལས། །

སྔོ་ལྗང་གཡུ་ལོ་ཐགས་སུ་བཀྲ་བའི་ཚེ་རིང་ལྗོན་པ་གྲིབ་ཏུ་བསིལ། །

ཚེ་རིང་འཛོལ་མོའི་གསུང་སྐད་སྙན་པོས་རྣ་བ་བདུད་རྩིའི་ཁང་བུར་བྱུས། །

རི་དྭགས་ཚོ་རིང་བག་ཡེངས་རྒྱུ་བའི་དབེན་པའི་གནས་ཀྱི་རི་སུལ་དེར། །
འཆི་མེད་ཚོ་ཡི་དཔལ་ལ་མངའ་བརྙེས་གུ་རུའི་ཐུགས་རྗེའི་འོད་ཟེར་གྱིས། །
ས་རྫོ་རི་བྲག་རྩི་ཤིང་ཐམས་ཅད་བྱིན་གྱིས་བརླབས་ཤིང་ཁྱད་པར་དུ། །
འོད་གསལ་རྫོགས་ཆེན་སྙིང་ཐིག་དང་ནི་ཆོས་ནོར་དུ་མ་གཏེར་ལ་སྦས། །

དེ་ན་སྔ་འགྱུར་བསྟན་པ་རིན་ཆེན་མཁའ་ལ་འདེགས་པའི་ཀ་བ་ཆེ། །
འཇིགས་མེད་གླིང་པའི་ཐུགས་བསྐྱེད་དཀར་པོ་འོ་མའི་མཚོ་ལས་ལེགས་འཁྲུངས་ཤིང་། །
ཐུགས་དམ་ཉམས་བཞེས་ཆུ་བོའི་རྒྱུན་གྱིས་ཆད་པ་མེད་པར་ལེགས་བསྐྱངས་པ། །
པདྨ་འོད་ཟེར་ཐེག་མཆོག་གླིང་གི་འོད་ཟེར་ནམ་མཁའི་དབྱིངས་སུ་འབར། །

གངས་ལ་ཛེའུ་དང་མཀྱུར་ཀླུ་སྙན་པོ།

ན་བུན་སྟོད་གཡོགས་སྲབ་མོ་བཞེས་པའི་དབེན་པའི་གནས་མཆོག་ཛེའུ་ན།།
ཉིན་མཚན་ཁ་ཆར་རེས་ཀྱིས་འབབ་པའི་དབེན་པའི་གནས་མཆོག་ཛེའུ་ན།།
ཛ་ཆུ་བསིལ་མ་ལྷུང་ལྷུང་བཞུར་བའི་དབེན་པའི་གནས་མཆོག་ཛེའུ་ན།།
སྤང་རི་ཛ་རིས་ཀུན་ནས་བསྐོར་བའི་དབེན་པའི་གནས་མཆོག་ཛེའུ་ན།།

འཕགས་ལམ་ཡེ་ཤེས་རྫོགས་པ་ཆེན་པོའི་བདེན་པ་མངོན་སུམ་མཐོང་བ་ཞིག །
དགོངས་གཏེར་ནམ་མཁའ་མཛོད་ཀྱི་ཆོས་ལ་མངའ་དབང་རབ་ཏུ་འབྱོར་བ་ཞིག །
སྒྲུབ་པའི་རྒྱལ་མཚན་ཉིན་དང་མཚན་དུ་མཁའ་ལ་བར་མེད་སྒྲེང་བ་ཞིག །
མ་བཅོས་རང་བྱུང་ལྷུན་གྱིས་གྲུབ་པའི་རང་གཤོང་གཡམ་པའི་སྤྱིལ་བུ་ཏུ། །

ལྷ་བྱ་གོང་མོའི་གསུང་དང་བསྡེབས་པའི་མགུར་གླུ་སྙན་མོ་ལྷང་ལྷང་འཐེན།། །
ངེས་འབྱུང་ཆབ་ཀྱིས་ཀུན་ནས་བརླན་པའི་མགུར་གླུ་སྙན་མོ་ལྷང་ལྷང་འཐེན།། །
བསམ་གཏན་སློང་ལ་ཉིན་མཚན་འབྱམས་པའི་མགུར་གླུ་སྙན་མོ་ལྷང་ལྷང་འཐེན།། །
ལོངས་སྤྱོད་འཁོར་ལོའི་རྩ་མདུད་གྲོལ་བའི་མགུར་གླུ་སྙན་མོ་ལྷང་ལྷང་འཐེན།། །

ཡར་སྙུང་གསེར་གྱི་གཞོང་པ།

ཡར་སྙུང་གསེར་གཞོང་བོད་མིའི་སེམས་པོ་བརླམས་པའི་ཕ་ས་དྲོན་མོ་ཡིན།།

ཡར་སྙུང་གསེར་གཞོང་བོད་མིའི་རིག་གནས་མཆེད་པའི་ས་བོན་གྲུང་པོ་ཡིན།།

ཡར་སྙུང་གསེར་གཞོང་བཙན་པོའི་གཟི་བྱིན་ཉི་མའི་འོད་ལྟར་འབར་ས་ཡིན།།

ཡར་སྙུང་གསེར་གཞོང་འབངས་ཀྱི་བདེ་བ་རྒྱ་གུ་བཞིན་དུ་འབྱུས་ས་ཡིན།།

གངས་ཅན་བོད་ཀྱི་ཕ་མཁར་ཐོག་མ་གསེར་གཞོང་འདི་ཡི་ནང་ནས་བཙིགས། །
གངས་ཅན་བོད་ཀྱི་ཕ་གཞིས་ཐོག་མ་གསེར་གཞོང་འདི་ཡི་ནང་ནས་བཟུང་། །
གངས་ཅན་བོད་ཀྱི་སྟོབས་འབྱོར་ཡལ་འདབ་གསེར་གཞོང་འདི་ཡི་ནང་ནས་རྒྱས། །
གངས་ཅན་བོད་ཀྱི་མངའ་ཐང་གཞིག་པ་གསེར་གཞོང་འདི་ཡི་ནང་ནས་བསྒྲུངས། །

ཡར་ཀླུང་གསེར་གཞོང་དམ་པའི་ཆོས་ཀྱི་དབུ་ཁྲུད་འཕྲི་སའི་ཤོག་བུ་ཡིན། །
ཡར་ཀླུང་གསེར་གཞོང་མཛངས་མིའི་བློ་གྲོས་ནོར་བུ་འཁྲུངས་སའི་རྒྱ་མཚོ་ཡིན། །
ཡར་ཀླུང་གསེར་གཞོང་དཀར་མོ་ནས་སོགས་འབྲུ་རིགས་སྣ་ལྔའི་བང་མཛོད་ཡིན། །
ཡར་ཀླུང་གསེར་གཞོང་བོད་མིའི་ཡོད་ཚད་རྩ་བ་ཚུགས་པའི་ས་གཞི་ཡིན། །

ཤམ་ཆུ་གཡུ་འབྲུག་སྔོན་མོ།

ཤམ་ཆུ་སྔོན་མོ་ཡར་ཀླུང་གཞུང་ན་འཁྱུག་ཅིང་རྒྱན་པའི་གཡུ་འབྲུག་ཡིན།།

ཤམ་ཆུ་སྔོན་མོ་ཡར་ཀླུང་གཞུང་གི་ཤེས་རིག་གསོ་བའི་བདུད་རྩི་ཡིན།།

ཤམ་ཆུ་སྔོན་མོ་ཡར་ཀླུང་གཞུང་གི་མི་རྒྱུད་སྐྱོང་བའི་ནུ་ཞོ་ཡིན།།

ཤམ་ཆུ་སྔོན་མོ་ཤམ་པོའི་གངས་ཀྱི་འཕྲིན་ལས་སྒྲུབ་པའི་ཕོ་ཉ་ཡིན།།

ཁྱོད་ལ་བརྟེན་ནས་ད་གཟོད་བཙན་པོའི་ཉི་མར་འོད་ཀྱི་གཟི་བྱིན་འབར།།

ཁྱོད་ལ་བརྟེན་ནས་ད་གཟོད་འབངས་ཀྱི་ཞིང་ལ་བདེ་བའི་སྨྱུ་གུ་འབུས།།

ཁྱོད་ལ་བརྟེན་ནས་ད་གཟོད་མཛངས་མིའི་བློ་ལ་ཤེས་རབ་མེ་ལྕེ་མཆེད།།

ཁྱོད་ལ་བརྟེན་ནས་ད་གཟོད་དཔའ་བོའི་སྙིང་ལ་སྲ་མཁྲིགས་ངར་ཁ་རྒྱས།།

ཐོག་མར་དགེ་བ་ཤམ་པོའི་གདངས་ལས་ཐུགས་བསྐྱེད་འོ་མའི་མདངས་ཀྱིས་འབབ།།

བར་དུ་དགེ་བ་ཡར་སླུང་གཞུང་དུ་སྟོད་བཅུད་སྐྱོང་བའི་སྐྱེད་མའི་ཚུལ།།

ཐ་མར་དགེ་བ་ཡར་སླུང་གཙང་པོའི་སྙིག་མོར་བསྡེབས་ནས་ཉིན་དང་མཚན།།

སྐྱེ་དངོས་ཁྲི་འབུམ་མང་པོའི་གསོས་སུ་ངལ་གསོ་མེད་པར་རྟག་ཏུ་བཞུར།།

ལྷུང་གསེབ་སྨོན་པའི་དགའ་ཚལ།

ཡར་ཀླུང་ལྷུང་གསེབ་གཡུ་ལོ་ལྡེམ་པ་སྨོན་པའི་ཡུལ་གྱི་དགའ་ཚལ་ཡིན།།

ཡར་ཀླུང་ལྷུང་གསར་བསིལ་གྲིབ་འཛེ་བ་རྒྱ་གར་ཙན་དན་སྨོན་པ་ཡིན།།

ཡར་ཀླུང་བུ་མོ་མཚར་སྡུག་ལྡན་པ་ཡིད་འཕྲོག་ལྷ་མོའི་སྲིང་མོ་ཡིན།།

ཡར་ཀླུང་སྟག་ཤར་དཔའ་རྩལ་ཆེ་བ་ནོར་བཟང་རྒྱ་ལུའི་མཆེད་པོ་ཡིན།།

ལྷང་གསེབ་ཁྲོད་ཀྱི་དབུ་གུར་དཀར་པོ་མཁའ་ལ་སྐར་ཚོམ་བཏབ་པ་ཡིན། །

བསིལ་གྲིབ་འོག་གི་ན་ཆུང་ཕོ་མོ་སྙིང་གཏམ་སྤྲང་རྩི་གཞིབ་པ་ཡིན། །

ནེའུ་གསིང་དབུས་ཀྱི་ཆུ་ཀླུང་དྭངས་མོ་རྩྭ་ལྗང་གསོས་སུ་འབབ་པ་ཡིན། །

ཆུ་ཀླུང་ངོགས་ཀྱི་བྱིས་པ་ཆུང་ཆུང་མཚར་སྡུག་མེ་ཏོག་འཐུ་བ་ཡིན། །

སྟོད་ནས་ལྷ་བྱ་ཁྲུ་བྱུག་སྔོན་པོས་སྙན་པའི་དབྱངས་ཀྱི་གླིང་བུ་སྒྲུར། །

སྨད་ནས་སྤུ་སྡུག་བྱེའུ་ཆུང་འཇོལ་མོས་འགྱུར་ཁུགས་སྟོང་གི་པི་ཝཾ་སྒྲེང་། །

བར་ནས་དགྱེས་དགུར་རོལ་བའི་མི་ཚོས་གླུ་དང་གར་གྱི་སྒོ་མོ་ཕྱེས། །

ཡར་ཀླུང་ལྷང་གསེབ་ངེས་པ་དོན་གྱི་དྲི་ཟ་དགའ་བའི་འཛིག་རྟེན་ཡིན།། །

དཀར་ཡོལ་དང་པོའི་བྱུང་རབས་འདི་འདྲ་ཡིན།

ཡིད་འོང་བྱ་ཡི་ཁ་ན་འཁྱེར་བའི་ཤིང་ལོའི་རོ་བཅུད་མྱངས་ཙམ་གྱིས།།

བོད་རྗེའི་སྐུ་ཡི་མཁའ་ལ་འཁྲིགས་པའི་བསྙུན་གྱི་སྤྲིན་ནག་ལྷག་མེད་དྭངས།།

བཀའ་ཡི་ཅོད་པན་ཐོད་ལ་བཅིངས་པའི་སྙིང་རུས་ཅན་གྱི་བློན་པོ་ཞིག།

རྒྱ་ཡི་ནགས་ཚང་སྟུག་པོར་སྐྱལ་ནས་ཇ་ཡི་ལྗོན་འདབ་རྗེ་ལ་ཕུལ།།

མདུན་ལྗོངས་རིང་མོ་ས་ལེར་གཟིགས་པའི་ཕྱུར་རྒྱལ་བཙན་པོའི་སྤྱན་རྒྱང་གིས།།
ཅི་ནའི་ཡུལ་ནས་དཀར་ཡོལ་བཟོ་བའི་ལག་རྩལ་མཁན་པོ་བོད་དུ་དྲངས།།
དེས་ཀྱང་བཙན་པོའི་བཀའ་བཀོད་བཞིན་དུ་སྲབ་ཅིང་ཁ་ནི་གཡེར་བ་དང་།།
དཀར་ཞིང་འཇམ་ལ་སྒྲོ་ཞིང་དྭངས་པའི་ཡིད་དུ་འོང་བའི་ཡོལ་གོའི་སྙིང་།།

ཁ་ལ་ཤིང་གི་ལོ་མ་འཁྱིར་བའི་འདབ་ཆགས་བྱ་ཡི་རི་མོ་དང་།།
དྭངས་གཙང་མཚོ་ལ་ཉ་མོ་འཁྱུག་ཅིང་སྤང་རིར་ཤྭ་བ་རྩེན་པ་ཡི།།
རི་མོས་སྐྲིག་ལྡན་བསྐྲུན་པ་གང་དེར་དར་ཚོ་ཞེས་པའི་སྙན་པ་འཕྱུར།།
དེ་ནི་གངས་ཅན་ལོ་རྒྱུས་ཐོག་གི་དཀར་ཡོལ་དང་པོའི་བྱུང་རབས་ཡིན།།

གྲགས་པའི་འོད་ཟེར་སླར་ཡང་འབར་འགོ་བརྩམས།

གཡང་དཀར་ལུག་གི་བལ་འདབ་དང་རྩེ་ལོ་བལ་རིང་མོས་རྒྱུ་རུ་བྱས།།

གཡང་དཀར་ལུག་གི་བལ་འདབ་དང་རྩེ་ཚེས་འཛམ་ཨོལ་གོས་སྤུན་དུ་བྱས།།

རྩེད་ཐང་བུ་མོའི་ལག་སོར་མཉེན་མོས་རྒྱུ་རུ་ཡོག་ཅིང་སྤུན་དུ་བཀལ།།

རྩེད་ཐང་བུ་མོའི་ལག་སོར་མཉེན་མོས་ཐགས་སུ་བཏགས་ཤིང་སྤུ་རུ་ཤད།།

ཐོག་མར་དགེ་བ་རང་གི་འཐག་རྩལ་སྤུས་དག་གསེར་གྱི་གཞོང་པ་ཏྲ། །
བར་དུ་དགེ་བ་ཀོང་ཇོ་ཟུང་གིས་ཙོ་ནའི་ལག་རྩལ་སྤྲ་ཏྲ་བཏབ། །
ཐ་མར་དགེ་བ་ཏླ་སི་ཆེན་པོས་འཐག་རྩལ་རིམ་པ་དཀྱུང་དུ་སྤུར། །
རྩེད་ཐང་ཐེར་མའི་བྱུང་བ་རིང་མོ་ཡར་ཆབ་གླུང་གི་སྤུན་ཟླ་ཡིན། །

དེང་འདིར་འཚོལ་ཞིབ་རྒྱ་མཚོ་ཆེན་པོ་ཡང་ནས་ཡང་དུ་བསྐྱབས་པའི་མཐུས། །
འཛམ་ཤ་དོད་ཅིང་སྤྱོད་ཤན་ཆེ་ལ་དྲོ་ཞིང་མིག་ལ་མཛེས་པ་ཡི། །
རྩེད་ཐེར་བུ་མོར་སྤར་ན་མེད་པའི་གཟི་མདངས་ལྷག་པར་རྒྱས་གྱུར་ནས། །
འཛམ་བུའི་གླིང་ན་ཉི་ཟླ་བཞིན་དུ་གྲགས་པའི་འོད་ཟེར་འབར་འགོ་བརྩམས། །

རི་མོའི་ལུགས་ཀྱི་མེས་པོ་ཁྱིའུ་སྣང་བ།

དྭངས་གཙང་ཤམ་ཆུའི་བདུད་རྩིས་བརླན་པའི་ཡར་མོ་ཀླུང་གི་སྟོད་ཕྱོགས་ན།།
ལྟེ་ཁྲག་དམར་པོ་ས་ལ་ཟགས་པའི་ངོ་མཚར་ཅན་གྱི་སྐྱེས་བུ་ཞིག།
ཆུང་ནས་རིག་གནས་ཆེ་ཕྲ་ཀུན་ལ་སྦྱངས་པའི་གོ་ཆ་མི་ལྡོད་ཅིང་།།
སློས་སུ་རི་མོར་ཞེན་པའི་བློ་ཁ་དང་པ་པད་མཚོར་འཛུག་པའི་སྲུན།།

བསམ་རྒྱུ་དྲན་རྒྱུ་ལས་རྒྱུ་ཐམས་ཅད་རི་མོར་འབྲལ་དུ་མེད་པས་ན།།
རི་མོའི་སྐད་དུ་ཁ་བ་ཅན་གྱི་ཡུལ་ལུང་གང་སར་བྱ་བཞིན་ཉུལ།།
བལ་ལུགས་ལེགས་ཆའི་སྤོ་བསངས་ནམ་མཁར་རང་གི་ཁྱད་ཆོས་འོད་འཚེར་བའི།།
ཉམས་འགྱུར་སྟོང་གི་སྐར་མའི་ཚོམ་བུ་ཕྲ་ཉུ་བཏབ་པའི་རི་མོ་བཏོད།།

རྒྱབ་ཏུ་ཡུལ་ལྗོངས་བཀོད་པ་མི་དགོས་གཞི་གདན་གཅིག་གི་རེའུ་མིག་ལ།།
ཚོན་མདོག་ཙུང་ཟད་སྤོ་ཤས་ཆེ་ཞིང་རྒྱན་གྱི་རི་མོ་ཞིབ་ལ་ཕྲ།།
འགྲིང་དང་རོལ་སྟབས་ལྟ་ན་སྡུག་པ་ངོ་མཚར་མིག་གི་བདུད་རྩི་ཞིག །
དེ་ལ་བྲིའུ་སྣང་པ་ཞེས་བརྗོད་རི་མོའི་ལུགས་ཀྱི་མེས་པོ་ཡིན།།

གཡང་གཟར་པོ་ཞིག་གི་ཁ་ལས་བསྐྱབས།

ཁྲི་དཔོན་གོང་མའི་ལུགས་གཉིས་འཛིན་ཐང་རི་བོང་རྭ་ལ་བཙས་པས་ན། །

ཕྱི་ཡི་མངའ་ཁོངས་ཕལ་མོ་ཆེ་ཞིག་ཁྲི་དཔོན་གཞན་གྱི་ལག་ཏུ་ཤོར། །

ནང་གི་ནོམ་པ་ཕལ་མོ་ཆེ་ཞིག་ཁྲིལ་མེད་དུ་ཚས་གཞན་དུ་འཁྱེར། །

འཆི་ལ་ཉེ་བའི་ཕག་གྲུའི་ཁྲི་སྐོར་བྱང་ཆུབ་རྒྱལ་མཚན་ཁྱོད་ལ་གཏད། །

འོན་ཏེ་ཁྱོད་ནི་འགྲོ་བའི་སྔོན་བསགས་བསོད་ནམས་མཐུ་ཡིས་འདིར་བཀུགས་པས།།
སྙིང་སྟོབས་རླུང་དང་གཅིག་ཏུ་བསྡེབས་པའི་ནུས་པའི་མེ་དཔུང་དམར་པོ་ཡིས།།
གཞན་ལ་ཕོར་བའི་མངའ་ཁོངས་ཕལ་ཆེར་དེ་མ་དེ་མར་ཚུར་ལ་བླངས།།
རང་ཁོངས་གཞིས་ཀ་ཉམས་པ་གསོས་ཤིང་ཕོ་བྲང་མཐོན་པོ་ཆེ་རུ་བསྐྲིད།།

ལྷུང་ལྷུང་འབབ་པའི་ཤམ་ཆུ་སྔོན་མོར་སྤར་མེད་ཟམ་ཆེན་བསྐྲུན་པ་དང་།།
ཡུལ་གྲུ་སོ་སོར་སྐྱེ་ཤིང་བཙུགས་ནས་ཕྱི་རབས་ཕན་བདེར་སྦྱོར་བ་སོགས།།
སྤར་གྱི་སྟོང་ཀན་སྐམ་པོ་དེ་ལས་གཡུ་ལོའི་རྩ་རྒྱན་འདོགས་པ་དང་།།
ཕྱིས་ཀྱི་ཕག་གྲུའི་སྲིད་སྟོང་ཆེན་པོ་རྩ་བ་ཚུགས་པའི་ལས་ལ་གཞོལ།།

ཏའི་སི་ཧུར་ཉོར་བྱུ་འདི་འདྲ་སྣང་།

དཔུང་སྟེའི་རྫིང་གི་ལྷག་ཆུའི་རྒྱུན་བཟང་གཞན་ཡང་ཆད་མེད་འབབ་པ་དང་།།

གང་གི་སྙིང་སྟོབས་རླབས་ཕྲེང་དྲག་པོ་འཇགས་མེད་མཁའ་ལ་འཕྱུར་བའི་སྐད།།

གཡུལ་འགྱེད་ཁྲོད་ནས་ཐོབ་པའི་བདོག་པ་ཡོད་ཚད་དཔོན་དམག་རང་རང་དང་།།

དམག་མིའི་འཁྲི་ཁྱུངས་མི་སེར་རྣམས་ལ་རང་བདག་ཆོག་པའི་གཏན་འབེབས་མཛད།།

སྣ་ཚོགས་གཡུལ་འཐབ་སྦྱོར་བའི་ཧྲུང་པོས་མི་སེར་སྡོང་པོ་སྐྱོམ་པས་ན། །
ཐོན་སྐྱེད་རྒྱུན་གཏན་ཅན་ལ་མ་ནུས་ལོ་འདབ་རྙིངས་ཤིང་ས་ལ་ཟགས། །
དེ་ལ་དབུགས་དབྱུང་གསོན་སྐྱོབས་རྒྱས་ཕྱིར་མི་སེར་སྤྱི་ལ་ཁྲལ་ཆག་དང་། །
སྨོས་སུ་དམིགས་བསལ་སྐྱོམ་ཤུགས་འཕྲད་ལ་དེ་བས་ཁྲལ་ཆག་ཆུ་རྒྱུན་དྲངས། །

གང་དང་ཅི་ལའང་འབྲས་བུས་མགོ་ལྡོག་ལྡེམ་མིན་རྩ་བ་མི་ལ་ཐུག །
མི་སྣའི་བྱུང་ཚད་མི་སྣའི་ཤེས་ཡོང་མི་སྣའི་སྒྲིག་སྒྲོལ་ལ་སོགས་པ། །
དང་པོའི་དང་པོར་བལྟ་བ་འདི་ཀོ་ཕག་གཞུའི་སྲིད་ཀྱི་སྡོང་པོ་ལ། །
རྩ་བ་ཚུགས་ཤིང་ལོ་འདབ་རྒྱས་ལ་འབྲས་བུ་སྨིན་པའི་གནད་འགག་ལགས། །

གྲོགས་བཟང་པོས་རམ་བྱ་བཏེགས་པ་ལས།

ཤང་ཤང་རྒྱུ་བའི་ཆུ་ཀླུང་སྟོན་མོར་ཆར་པའི་སྐྱོ་རོགས་དགོས་པ་དང་།།

ཐུར་ཐུར་འབར་བའི་མེ་དཔུང་དམར་པོར་རླུང་བུའི་རམ་འདེགས་དགོས་པ་བཞིན།།

ཕག་གྲུའི་སྲིད་ཀྱི་ཞེན་བྱེད་འཛིན་པའི་སྐུ་རེངས་གསར་པ་ཁྱོད་ལ་ཡང་།།

སྲིད་སྐྱོང་ལས་ཀྱི་འཁོར་ལོ་བསྐོར་བར་རྗེ་མཆོག་བདུན་གྱི་རམ་བུ་དགོས།།

གཞོན་ནུ་བཟང་པོས་གཙོ་བོ་བྱས་པའི་སི་ཏུའི་ལས་ཀྱི་སྡེ་མོ་བར།།

གངས་དཀར་རི་བོའི་མདངས་ལ་འགྲན་པའི་རྒྱ་མེད་ལྷག་བསམ་ཡོད་པས་ན།།

གཞོན་ནུ་བཟང་པོས་གཙོ་བོ་བྱས་པའི་སི་ཏུའི་ལས་ཀྱི་སྡེ་མོ་བར།།

ཐམས་ཅད་གྲུ་གུ་གཅིག་ཏུ་བསྒྲིལ་བའི་ཤུགས་དྲག་སྐྱོར་བ་ཡོད་པས་ན།།

ཕག་གྲུའི་ཁྲི་སྐོར་སྐམ་ལ་ཉེ་བར་ལོ་འདབ་གསར་པ་རྒྱས་པ་དང་།།

ཕག་གྲུའི་སྲིད་ཀྱི་ལྗོན་པ་ཆེན་པོའི་རྩ་བ་ས་ལ་ཟུག་པ་དང་།།

ཕག་གྲུའི་སྲིད་ཀྱི་ལྗོན་པ་ཆེན་པོའི་འདབ་མ་མཁའ་ལ་སྙེག་པ་དང་།།

ཕག་གྲུའི་སྲིད་ཀྱི་ལྗོན་པ་ཆེན་པོའི་འབྲས་བུས་མགོ་ལྕོག་ལྡེམ་པར་གྱུར།།

ཤིང་སྡོང་ཕོར་ལོ་འདབ་རྒྱས་དུས་སུ། ༧

སྨན་ལྗོངས་གཡོ་རུའི་འཛིན་མའི་ལྟེ་བ་ཁྲ་འབྲུག་གཙུག་ལག་ཁང་གི་འདབས། །
སྤྲེལ་སྲིན་རྒྱུད་པའི་སྐར་ཚོགས་མཆེད་ས་མགོན་པོ་རི་ཡི་ལྷོ་ནུབ་མཚམས། །
མི་མཐོ་མི་དམའི་ས་འཛིན་སྤྱི་ཡི་བཀོད་ལེགས་ཕོ་བྲང་ཆེན་པོ་རུ། །
ཕག་གྲུའི་སྲིད་ཀྱི་ལྗོན་སྡོང་ཆེན་པོར་ལོ་འདབ་རྒྱས་པའི་སྐབས་ཙ་ན། །

ཡུལ་ལུང་བདེ་འཛགས་དར་འཛམ་ཡུག་གིས་ཡངས་པའི་ནོར་འཛིན་ཁྲོན་ཁེབས་ཤིང་།།
ཉི་ལ་ལྷར་འཚེར་བའི་ཁྲལ་རིགས་ལྷི་པོའི་གཅེར་བསུན་རྗེ་ཞྭ་མེད་པས་ན།།
འབངས་ཀྱི་ཡིད་སེམས་བདེ་བའི་བདུད་རྩིས་ཀུན་ནས་སྨོས་པའི་དོ་ཟླ་ཇ།།
སྐབས་གསུམ་གནས་ཀྱི་སྐྱིད་མོས་ཚལ་ན་རྩེན་པའི་ལྷ་ཕྲུག་ཁོ་ན་ཉིད།།

ཞིང་ཐང་གཤིན་པོ་གསེར་གྱི་གཞོང་པར་ལོ་ལེགས་སྐྱེ་མས་མགོ་ལྟོག་ལྡེམ།།
འབྲོག་ཐང་ཡངས་པོ་ལྷ་ཡི་ལམ་ན་རྐང་བཞིའི་འདུ་འགོད་སྐར་ཚོགས་སྤུན།།
ཞིང་འབྲོག་ཐོན་སྐྱེད་ཟླ་བ་ཡར་ངོའི་དཔལ་ལ་སྙེག་པའི་རྟེན་འབྲེལ་ལས།།
དཔལ་འབྱོར་ལོངས་སྤྱོད་ཆུ་འཛིན་ཕྲེང་བའི་འདབ་མ་བར་སྣང་ཁམས་སུ་དཀྲིགས།།

ཤིང་སྡོང་པོར་ལོ་འདབ་རྒྱས་དུས་སུ། ༢

སྨན་ལྗོངས་གཡོ་རུའི་འཛིན་མའི་ལྟེ་བ་ཁྲ་འབྲུག་གཙུག་ལག་ཁང་གི་འདབས།།
ཁྲིལ་སྲིན་རྒྱུད་པའི་སྐར་ཚོགས་མཆེད་ས་མགོན་པོ་རི་ཡི་ལྷོ་ནུབ་མཚམས།།
མི་མཐོ་མི་དམའི་ས་འཛིན་སྤོ་ཡི་བཀོད་ལེགས་པོ་བྲང་ཆེན་པོ་རུ།།
ཕག་གྲུའི་སྲིད་ཀྱི་ལྗོན་སྡོང་ཆེན་པོར་ལོ་འདབ་རྒྱས་པའི་སྐབས་ཅན།།

ཞྭ་ལུ་ལོ་ཆེན་ཆོས་སྐྱོང་བཟང་པོའི་ཐུགས་ཀྱི་མཚོ་ལས་བལྟམས་པ་ཡི། །
ཟ་མ་ཏོག་གི་ནོར་བུ་ཆེན་པོར་ཆེམ་ཆེམ་འོད་སྣང་འབར་བ་དང་། །
སྐྱོགས་སྟོན་སྐྱིད་ཚལ་ཡངས་པོའི་དབུས་ན་འཁྲུངས་པའི་ལི་ཤིའི་གུར་ཁང་གི །
སྦོ་ལྟང་འདབ་མ་རེ་རེའི་རྩེ་ན་ཟིལ་ཐིགས་རེ་རེའི་མུ་ཏིག་སྤྲུམ། །

དཔལ་ཁང་ལོ་ཙྪའི་དགོངས་ཀློང་ཟབ་མོ་རིན་ཆེན་གསེར་གྱི་གོང་ཆེན་ལས། །
དག་ཡིག་ངག་གི་སྒྲོན་མེའི་སྟོང་བུར་འོད་ཟེར་འབུམ་གྱི་མེ་ལྩེ་འབར། །
གངས་ཅན་བརྡ་དག་ཞིལ་དཀར་ཕྲེང་བའི་ཐལ་རྒྱལ་དྲི་མ་རྒྱང་བསྲིངས་ནས། །
འོད་ཟེར་སྟོང་གི་སྣང་བ་དཀར་པོས་འགྲོ་བློའི་མུན་པ་ཕ་མཐར་བསྐྲད། །

ཤིང་སྡོང་པོར་ལོ་འདབ་རྒྱས་དུས་སུ། ༣

སྔོན་ལྗོངས་གཡོ་རུའི་འཛིན་མའི་ལྟེ་བ་ཁྲ་འབྲུག་གཙུག་ལག་ཁང་གི་འདབས། །
སྤྲེལ་སྲིན་རྒྱུད་པའི་སྐར་ཚོགས་མཆེད་ས་མགོན་པོ་རི་ཡི་ལྷོ་ནུབ་མཚམས། །
མི་མཐོ་མི་དམའི་ས་འཛིན་སྤུ་ཡི་བཀོད་ལེགས་ཕོ་བྲང་ཆེན་པོ་རུ། །
ཕག་གྲུའི་སྲིད་ཀྱི་ལྗོན་སྡོང་ཆེན་པོར་ལོ་འདབ་རྒྱས་པའི་སྐབས་ཙ་ན། །

ཆོས་སྐྱོང་བཟང་དང་སརྒྲ་ཧྲཱིའི་གདངས་དཀར་ལྷུན་པོའི་ཕོང་གསེང་ལས།།
ལྷུང་ལྷུང་འབབ་པའི་གདངས་ཆུ་དྭངས་མོ་མན་ངག་ཀུན་གསལ་ཞེས་པ་དང་།།
མི་ལོང་གནད་བསྡུས་སྙན་འགྲེལ་བཀླགས་པས་དོན་ནི་ཐམས་ཅད་འགྲུབ་པ་སོགས།།
སྙན་ངག་ནོར་བུ་མངལ་དུ་སྦྲུམ་པའི་གཞུང་ལུགས་རྒྱ་མཚོ་མེར་གྱིས་འཁྱིལ།།

གཙང་སྨྱོན་ཆེན་པོའི་ཆུ་གཏེར་བསྲུབས་ལས་བལྟམས་པའི་མི་ལའི་རྣམ་ཐར་དང་།།
འཇམ་མགོན་བླ་མའི་མཚོ་ལས་བརྡོལ་བའི་རྟོགས་བརྗོད་དཔག་བསམ་འཁྲི་ཤིང་དང་།།
ཆོས་དབང་གྲགས་པའི་སོར་མོས་དཀྲོལ་བའི་རྣ་མ་ཙ་ཡི་གཏམ་རྒྱུད་སོགས།།
སྙན་པའི་རོལ་མོ་འཛམ་བུའི་གླིང་ན་འཁྲོལ་བའི་དྲི་ཟའི་དབྱངས་ཀྱིས་བཀང་།།

ཉིང་སྟོང་པོར་ལོ་འདབ་རྒྱས་དུས་སུ། ༩

སྨན་ལྗོངས་གཡོ་རུའི་འཛིན་མའི་ལྟེ་བ་ཁྲ་འབྲུག་གཙུག་ལག་ཁང་གི་འདབས། །

ཕྲེལ་སྤྲིན་རྒྱུད་པའི་སྐར་ཚོགས་མཆེད་ས་མགོན་པོ་རི་ཡི་ལྷོ་ནུབ་མཚམས། །

མི་མཐོ་མི་དམའི་ས་འཛིན་སྤོ་ཡི་བཀོད་ལེགས་པོ་བྲང་ཆེན་པོ་རུ། །

ཕག་གྲུའི་སྲིད་ཀྱི་ལྗོན་སྡོང་ཆེན་པོར་ལོ་འདབ་རྒྱས་པའི་སྐབས་ཅན། །

གཙུག་ལག་ཁྲིང་བས་ལྷོ་བྲག་རོང་ནས་གངས་ཅན་མཁས་པའི་དབང་པོ་རྣམས། །
དགའ་བ་འབུམ་གྱི་རྩེ་ལ་སོན་ཕྱིར་ངོ་མཚར་སྟོང་གི་སྟོན་མོ་བཤམས། །
གཞོན་ནུ་དཔལ་གྱིས་ཆེམ་ཆེམ་འོད་སྣང་ཕྱོགས་དང་མཚམས་སུ་འཚེར་བ་ཡི། །
བཻ་ཌཱུར་སྔོན་པོའི་རིན་ཆེན་ཁྲིང་བ་སྤྱན་གཡས་ནོར་བུའི་གླིང་ནས་ཕུལ། །

ཚལ་པའི་བང་མཛོད་ཆེན་པོའི་ནང་ནས་འཇུངས་མེད་ལེགས་པར་ཕྱུང་བ་དང་། །
བསོད་ནམས་གྲགས་པའི་མཛོད་ལས་བྱུང་བའི་རིན་ཆེན་པད་རྣཀ་གསར་རྙིང་བྲུང་། །
དེ་བཞིན་རྒྱ་བོད་ཡིག་ཚང་ཀུན་བཏུས་མཁས་པ་དགའ་བྱེད་ལ་སོགས་པ། །
གངས་རིའི་དར་རྒྱུད་རི་མོར་འགོད་པའི་མེ་ལོང་དྭངས་མོ་འདི་ན་བལྟམས། །

ཤིང་སྡོང་པོར་ལོ་འདབ་རྒྱས་དུས་སུ། ༥

སྨན་ལྗོངས་གཡོ་རུའི་འཛིན་མའི་ལྟེ་བ་ཁྲ་འབྲུག་གཙུག་ལག་ཁང་གི་འདབས། །

སྤྲེལ་སྲིན་རྒྱུད་པའི་སྐར་ཚོགས་མཆེད་ས་མགོན་པོ་རི་ཡི་ལྷོ་ནུབ་མཚམས། །

མི་མཐོ་མི་དམའི་ས་འཛིན་སྲུ་ཡི་བཀོད་ལེགས་ཕོ་བྲང་ཆེན་པོ་རུ། །

ཕག་གྲུའི་སྲིད་ཀྱི་ལྗོན་སྡོང་ཆེན་པོར་ལོ་འདབ་རྒྱས་པའི་སྐབས་ཅན། །

དཔལ་ལྡན་རྒྱུད་བཞིའི་གསེར་གྱི་འཛིན་མ་རྒྱ་དང་དཔང་ཚད་བྲལ་བའི་སྟེང་། །
རྣམ་རྒྱལ་གྲགས་བཟང་ཕྱུག་ལེན་དངོས་ཀྱི་རྒྱ་མཚོ་ཆེན་པོ་བསྲུབས་པ་ལས། །
ས་བབ་གནམ་གཤིས་འཚོ་བའི་གོམས་སྲོལ་སོགས་དང་ཀུན་ནས་འཚམ་པ་ཡི། །
ཐུན་མོང་མིན་པའི་བྱང་པའི་གཞུང་ལུགས་ནོར་བུ་ཆེན་པོ་བལྟམས་དང་ལྡན། །

ས་ཆ་དམའ་ལ་གནམ་གཤིས་དྲོ་ཞིང་བརླན་གཤེར་ཆེ་བའི་ཡུལ་ལུང་ནས། །
ཐོན་པའི་འབམ་དང་གྲུམ་བུ་ལ་སོགས་བྱེ་བྲག་ནད་ཀྱི་རིགས་དག་ལ། །
དམིགས་པའི་མདའ་མོ་གནད་དུ་བསྣུན་ཏེ་ལེགས་པར་གཏོད་པའི་ནོར་བུ་སྟེ། །
བྱུར་ལུགས་ཅན་དན་དཀར་པོའི་སྔོང་པོ་ལྷ་རོང་ལྡོན་པའི་ནགས་སུ་འཁྲུངས། །

ཞིང་སྐྱོང་པོར་ལོ་འདབ་རྒྱས་དུས་སུ། ༨

སྨན་ལྗོངས་གཡོ་རུའི་འཛིན་མའི་ལྟེ་བ་ཁྲ་འབྲུག་གཙུག་ལག་ཁང་གི་འདབས། །
སྤྲེལ་སྲིན་རྒྱུད་པའི་སྐར་ཚོགས་མཆེད་ས་མགོན་པོ་རི་ཡི་ལྷོ་ནུབ་མཚམས། །
མི་མཐོ་མི་དམའི་ས་འཛིན་སྤོ་ཡི་བཀོད་ལེགས་ཕོ་བྲང་ཆེན་པོ་རུ། །
ཕག་གྲུའི་སྲིད་ཀྱི་ལྗོན་སྡོང་ཆེན་པོར་ལོ་འདབ་རྒྱས་པའི་སྐབས་ཙ་ན། །

ཐོག་མར་རིགས་ལྡན་རྣམ་རྒྱལ་གྲགས་བཟང་གསེར་གྱི་ས་གཞི་ཆེན་པོ་ལས།།

དུས་ཀྱི་འཁོར་ལོའི་རྒྱུད་སྐོར་སྤྱི་དང་བྱེ་བྲག་སྐར་རྩིས་ལྡོན་པ་བལྟམས།།

བར་དུ་པཎ་ཆེན་བྱམས་པ་གླིང་པས་ཡང་དག་གཡའ་སེལ་མཛད་དང་ལྷན།།

དུས་འཁོར་རྒྱུད་ཀྱི་འཆད་ཉན་བགྱི་བས་ཕྱར་མེད་རྩིས་ཀྱི་བསྟན་པ་སྤེལ།།

དེ་ཚེ་བུ་སློབ་ཐམས་ཅད་མཁྱེན་པ་གསེར་གྱི་ཉིན་མོར་བྱེད་པ་དང་།།

དོལ་བུ་ཤེས་རབ་རྒྱལ་མཚན་ཆེན་པོ་དངུལ་གྱི་ཟླ་བ་དཀར་པོ་ཤར།།

སློས་སུ་རྒྱ་མཚོ་རྣམ་གསུམ་ཟེར་གྱིས་རྩིས་རིག་དྭངས་བསིལ་ཆུ་བོའི་རྒྱུན།།

འཕེལ་བའི་ཀླབས་ཕྲེང་བར་སྣང་ཡངས་པོའི་ཁམས་སུ་འཁྲུར་བའི་འདུ་འགོད་བརྩམས།།

ཞིང་སྐྱོང་པོར་ལོ་འདབ་རྒྱས་དུས་སུ། ༧

སྨན་ལྗོངས་གཡོ་རུའི་འཛིན་མའི་ལྟེ་བ་གྲ་འབྲུག་གཙུག་ལག་ཁང་གི་འདབས། །
 སྤྲེལ་སྤྲིན་རྒྱུད་པའི་སྐར་ཚོགས་མཆེད་ས་མགོན་པོ་རི་ཡི་ལྗོ་ནུབ་མཚམས། །
མི་མཐོ་མི་དམའི་ས་འཛིན་སྤོ་ཡི་བཀོད་ལེགས་པོ་བྲང་ཆེན་པོ་རུ། །
ཕག་གྲུའི་སྲིད་ཀྱི་ལྗོན་སྡོང་ཆེན་པོར་ལོ་འདབ་རྒྱས་པའི་སྐབས་ཙ་ན། །

མདོ་སྔགས་རིག་གནས་དགོས་འདོད་ནོར་བུས་ཀུན་ནས་གཏམས་པའི་རྒྱ་མཚོ་སྟེ། །
རྒྱལ་བའི་བཀའ་དང་མཁས་པའི་བསྟན་བཅོས་གངས་ཅན་བོད་ཀྱི་སྐད་རིགས་སུ། །
འགྱུར་རོ་ཅོག་རྣམས་གཅིག་ཏུ་བསྒྲིགས་པའི་བཀའ་བསྟན་ཕྲིས་མའི་གླེགས་བམ་ནི། །
རིན་ཆེན་གསེར་དང་དངུལ་གྱི་རྒྱན་ལས་ཡ་གིའི་ལྷུན་པོའི་སྒོ་ལ་བརྩིགས། །

རྟ་བདུན་དབང་པོའི་དཀྱིལ་འཁོར་གཅིག་ལས་འོད་ཟེར་དཔག་མེད་འགྱེད་པ་བཞིན། །
གཅིག་ལས་དུ་མར་འཕྲུལ་བར་བྱེད་པའི་སྤར་མེད་ཤིང་པར་ལག་རྩལ་གྱིས། །
མཁས་དབང་མང་པོའི་བཀའ་འབུམ་གྲུ་ཆར་ཕྱོགས་ཀྱི་འཛིན་མར་ཕབ་པ་ན། །
གངས་ཅན་སྣ་ལའི་སྨན་ལྗོངས་ཡངས་པོར་རིག་པའི་མེ་ཏོག་འབུམ་ཕྲག་བཞད། །

ཤིང་སྡོང་པོར་ལོ་འདབ་རྒྱས་དུས་སུ། ༨

སྨན་ལྗོངས་གཡོ་རུའི་འཛིན་མའི་ལྟེ་བ་ཁྲ་འབྲུག་གཙུག་ལག་ཁང་གི་འདབས།།
སྤྲེལ་སྤྲིན་རྒྱུད་པའི་སྐར་ཚོགས་མཆེད་ས་མགོན་པོ་རི་ཡི་ལྷོ་ནུབ་མཚམས།།
མི་མཐོ་མི་དམའི་ས་འཛིན་སྤོ་ཡི་བཀོད་ལེགས་ཕོ་བྲང་ཆེན་པོ་རུ།།
ཕག་གྲུའི་སྲིད་ཀྱི་ལྗོན་སྡོང་ཆེན་པོར་ལོ་འདབ་རྒྱས་པའི་སྐབས་ཙ་ན།།

བཀའ་གདམས་གསར་མའི་མཚོ་ལས་འཁྲུངས་པའི་ནམ་མཁའི་ཉི་མ་ཆེན་པོ་སྟེ། །
ལྔ་བ་རྟག་ཆད་མཐའ་ལས་གྲོལ་ཞིང་སྒོམ་པ་ཕྱིང་སྨུག་སྨུན་པ་སངས། །
སྤྱོད་པ་རྒྱལ་བའི་བཀའ་བཞིན་སྒྲུབ་པའི་རྣམ་དག་འོད་ཀྱི་གཟི་འབར་བ། །
རི་བོ་དགེ་ལྡན་པ་ལ་སོགས་པའི་གསར་རྙིངས་ལྗོན་པས་འཛིན་མ་དཀྲིགས། །

གདན་ས་བཞི་སོགས་ཆོས་གྲྭ་ཆེན་པོ་དཀའ་བའི་ཚལ་རབ་ཡངས་པོ་ན། །
འཆད་རྩོད་རྩོམ་གྱི་མེ་ཏོག་སྣ་ཚོགས་མཚར་སྡུག་ལང་ཚོའི་སྙེག་པ་ངོམས། །
མཁས་པའི་ཁྲུ་ཚོགས་ནམ་མཁའི་སྐར་མ་ས་ཡི་རྡུ་ཤིང་གྲངས་ལ་འགྲན། །
རྒྱལ་བསྟན་ཉིན་མོར་བྱེད་པ་ཆེན་པོར་གཟི་བྱིན་འོད་སྣང་སྣར་ཡང་འབར། །

ཤིང་སྡོང་པོར་ལོ་འདབ་རྒྱས་དུས་སུ། ༡

སྨན་ལྗོངས་གཡོ་ཧུའི་འཛིན་མའི་ལྟེ་བ་ཁྲ་འབྲུག་གཙུག་ལག་ཁང་གི་འདབས། །
སྤྲེལ་སྲིན་རྒྱུད་པའི་སྐར་ཚོགས་མཆེད་ས་མགོན་པོ་རི་ཡི་ལྷོ་ནུབ་མཚམས། །
མི་མཐོ་མི་དམའི་ས་འཛིན་སྤྱི་ཡི་བཀོད་ལེགས་ཕོ་བྲང་ཆེན་པོ་རུ། །
ཕག་གྲུའི་སྲིད་ཀྱི་ལྗོན་སྡོང་ཆེན་པོར་ལོ་འདབ་རྒྱས་པའི་སྐབས་ཙ་ན། །

འབྲས་སྤུངས་བྱམས་པ་མཐོང་གྲོལ་ལ་སོགས་བྱམས་ཆེན་མང་པོའི་སྐུ་བརྙན་དང་།།
རྒྱལ་རྩེ་ཐེམ་སྤྱང་མ་ལ་སོགས་པ་གསེར་དངུལ་བྲིས་མའི་བཀའ་བསྟན་དང་།།
དཔལ་འཁོར་ཆོས་སྡེའི་འབུམ་པ་ལ་སོགས་འབུམ་ཆེན་རི་བོའི་སྒོར་བསྐྱིགས་པ།།
ཐུན་མིན་ཁྱད་ལྡན་སྐུ་གསུང་ཐུགས་ཀྱིས་ས་ཀུན་ཉིལ་གྱི་གང་བུར་བྱས།།

གདན་ས་བཞི་ཡི་ལྷུན་པོའི་སྤྱི་གཙུག་རྒྱུད་གྲྭ་སྟོད་སྨད་ཉི་ཟླས་མཛེས།།
རྩེད་ཐང་ཆོས་སྡེ་ཨེ་ཝཾ་ཆོས་སྡེ་ཐུབ་བསྟན་གསེར་མདོག་ཅན་ལ་སོགས།།
གླིང་བཞི་གླིང་ཕྲན་ཚུལ་གྱིས་བསྐོར་བའི་བཀོད་ལེགས་ཁྱད་དུ་འཕགས་པ་ནི།།
སྟོན་མཚན་ནམ་མཁའ་དག་པའི་དབྱིངས་ན་སྐར་ཚོམ་ཕྲ་རྡུ་བཏབ་པའི་དཔེ།།

ཤིང་སྡོང་པོར་ལོ་འདབ་རྒྱས་དུས་སུ། ༧༠

སྨན་ལྗོངས་གཡོ་རུའི་འཛིན་མའི་ལྟེ་བ་ཁྲ་འབྲུག་གཙུག་ལག་ཁང་གི་འདབས།།

སྤྲེལ་སྲིན་རྒྱུད་པའི་སྐར་ཚོགས་མཆེད་ས་མགོན་པོ་རི་ཡི་ལྷོ་ནུབ་མཚམས།།

མི་མཐོ་མི་དམའི་ས་འཛིན་སྐྱོ་ཡི་བཀོད་ལེགས་ཕོ་བྲང་ཆེན་པོ་རུ།།

ཕག་གྲུའི་སྲིད་ཀྱི་ལྗོན་སྡོང་ཆེན་པོར་ལོ་འདབ་རྒྱས་པའི་སྐབས་ཅ་ན།།

ཁྱབ་གདལ་ཆེན་པོའི་ཐང་ཆེན་ཡངས་པོར་སྟོང་ཉིད་རྟོགས་པའི་རྣལ་འབྱོར་པ། །
འཇིགས་མེད་རྒྱལ་པོ་ལྟ་བུར་བཞུགས་པའི་གྲུབ་ཆེན་ཐང་སྟོང་རྒྱལ་པོ་དེས། །
ལྕགས་ཀྱི་ཟམ་པ་ལྔ་བཅུ་ང་བརྒྱད་གྲུ་ཤན་བརྒྱ་དང་བཅོ་བརྒྱད་དང་། །
ཤིང་ཟམ་དྲུག་ཅུའི་འདུ་འགོད་ལས་གཞི་བོད་ཡུལ་ཀུན་ལ་བརྩམས་པ་ན། །

ཆ་རླབས་དྲག་པོ་ལང་ལོང་འཁྱུར་བའི་གཙང་པོའི་གཡས་གཡོན་གཅིག་ཏུ་སྦྲེལ། །
ཉམ་ཐག་སེམས་ཅན་ས་ཡི་རྡུལ་དང་སྐར་མའི་གྲངས་ལ་འགྲན་པ་ཞིག །
གནས་སྐབས་ཆུ་ཀླུང་ཆེན་པོའི་ཕ་མཐར་བསྒྲལ་བའི་སྐྱོར་བ་རྩོམ་པ་དང་། །
མཐར་ཐུག་འཁོར་བའི་མཚོ་ལས་སྒྲོལ་བའི་མཛད་པ་ནམ་མཁའི་མཐའ་ལ་བཅས། །

ཤིང་སྟོང་པོར་ལོ་འདབ་རྒྱས་དུས་སུ། ༡༡

སྨན་ལྗོངས་གཡོ་ཏུའི་འཛིན་མའི་ལྟེ་བ་ཁྲ་འབྲུག་གཙུག་ལག་ཁང་གི་འདབས།།

ཕྱིལ་ཕྱིན་རྒྱུད་པའི་སྐར་ཚོགས་མཆེད་ས་མགོན་པོ་རི་ཡི་ལྷོ་ནུབ་མཚམས།།

མི་མཐོ་མི་དམའི་ས་འཛིན་སྤོ་ཡི་བཀོད་ལེགས་པོ་བྲང་ཆེན་པོ་ཏུ།།

ཕག་གྲུའི་སྲིད་ཀྱི་ལྗོན་སྡོང་ཆེན་པོར་ལོ་འདབ་རྒྱས་པའི་སྐབས་ཙ་ན།།

ཁང་ས་ཞིང་ས་ས་ཡི་དགེ་དང་ཁང་ཤིང་བུད་ཤིང་ཤིང་གི་དགེ།།
གང་ན་དགེ་བཅུའི་དཔལ་གྱིས་ཕྱུག་ན་དེ་ཏུ་ལྷ་མི་ཐམས་ཅད་འདུ།།
གངས་ཅན་སྣ་ལའི་སྨན་ལྗོངས་ཁྱོན་ན་འབབས་ཀྱི་སྟོབས་ཤུགས་གོང་བུར་འགྲིལ།།
དཀའ་སྤྱད་ཞགས་པ་ཕར་ལ་གཡུགས་ནས་ལྡོན་པའི་ལྷ་མོ་ཚུར་ལ་བཀུག།

ཡུལ་ལུང་ཐམས་ཅད་ཉམས་སུ་དགའ་བ་སྔོ་ལྗང་གཡུ་ཡི་གཞོང་པར་བྱས།།
བྱ་དང་བྱིའུའི་གསུང་སྐད་སྙན་པོ་དྲི་ཟའི་དབྱངས་ཀྱི་ཟླ་བོར་ཆས།།
ཕྱི་རབས་པ་ལ་འཛད་མེད་གཏེར་གྱི་མཛོད་ཆེན་ས་གཞིའི་སྙིང་དུ་བསྐུན།།
ནམ་དང་ཕྱུགས་ཀྱི་སྤྱན་རྒྱང་རིང་བ་མཐའ་གླས་ནམ་མཁའི་ཁྱོན་ལ་བཅས།།

ཉེང་སྟོང་པོར་ལོ་འདབ་རྒྱས་དུས་སུ། ༡༢

སྨན་ལྗོངས་གཡོ་ཏུའི་འཛིན་མའི་ལྟེ་བ་ཁྲ་འབྲུག་གཙུག་ལག་ཁང་གི་འདབས།།

སྤྲེལ་སྲིན་རྒྱུད་པའི་སྐར་ཚོགས་མཆེད་ས་མགོན་པོ་རི་ཡི་ལྟེ་ནུབ་མཚམས།།

མི་མཐོ་མི་དམའི་ས་འཛིན་སྤོ་ཡི་བཀོད་ལེགས་པོ་བྲང་ཆེན་པོ་ཏུ།།

པག་གྲུའི་སྲིད་ཀྱི་ལྗོན་སྟོང་ཆེན་པོར་ལོ་འདབ་རྒྱས་པའི་སྐབས་ཙ་ན།།

གངས་རིའི་ལྗོངས་ཀྱི་དཔལ་འབྱོར་རྒྱ་མཚོར་སྟར་མེད་འཕེལ་ཁའི་ཐ་རླབས་འཕྱུར། །

གངས་རིའི་ལྗོངས་ཀྱི་རིག་པའི་ལྗོན་པར་སྟར་མེད་ལོ་འདབ་གསར་པ་འབྲུངས། །

གངས་རིའི་ལྗོངས་ཀྱི་ནོར་འཛིན་སྐྱེག་མོར་སྟར་མེད་འཛུགས་སྐྲུན་འདུ་འགོད་འཁྲིགས། །

གངས་རིའི་ལྗོངས་ཀྱི་འབངས་མིའི་ཞལ་ན་སྟར་མེད་འཛུམ་གྱི་མེ་ཏོག་བཞད། །

རྒྱུད་པའི་སྨུན་པ་ཕ་མཐར་སངས་པའི་འོད་ཀྱི་གུར་ཁང་གནམ་ལ་ཕུབ། །

མངའ་ཐང་རྩེ་མོ་དགུང་ལ་རེག་པའི་བྱུང་བའི་རི་མོ་ས་ལ་བྲིས། །

གང་སར་རྒན་མོ་གསེར་ཁུར་གཏམ་གྱིས་རྣ་བ་ཀུན་དགའི་དཔྱིད་དུ་བྱས། །

ཀུན་ཀྱང་སྟར་མེད་འོད་ཀྱིས་གང་བའི་ རྫོགས་ལྡན་གསར་པའི་ཉི་མར་སྙེག །

ཤིང་སྡོང་པོར་ལོ་འདབ་རྒྱས་དུས་སུ། ༡༣

སྨན་ལྗོངས་གཡོ་རུའི་འཛིན་མའི་ལྟེ་བ་ཁྲ་འབྲུག་གཙུག་ལག་ཁང་གི་འདབས།།
སྤྲེལ་སྲིན་རྒྱུད་པའི་སྐར་ཚོགས་མཆེད་ས་མགོན་པོ་རི་ཡི་ལྷོ་ནུབ་མཚམས།།
མི་མཐོ་མི་དམའི་ས་འཛིན་སྦོ་ཡི་བཀོད་ལེགས་པོ་བྲང་ཆེན་པོ་རུ།།
ཕག་གྲུའི་སྲིད་ཀྱི་ལྗོན་སྡོང་ཆེན་པོར་ལོ་འདབ་རྒྱས་པའི་སྐབས་ཙ་ན།།

སྣང་ཞིང་སྲིད་པའི་གཟུགས་བརྙན་མ་ལུས་རང་རང་ཉམས་འགྱུར་སྣ་ཚོགས་པའི། །

རི་མོའི་འདུ་བྱེད་གར་ལ་བརྟེན་ནས་མངོན་སུམ་མིག་གི་བདུད་རྩི་རུ། །

འཐོས་ཏེ་སྐྱེ་འགྲོའི་ཡིད་ཀྱི་དབང་པོར་ཀུན་དགའི་དཔལ་རབ་སྟེར་བྱེད་པ། །

བི་ཤྭ་ཀརྨའི་སོར་མོའི་ཉམས་རྩལ་ཀུན་ནས་འཕྲོག་པའི་སྐྱེས་བུ་སྟེ། །

ལྷོ་བྲག་ཡུལ་ན་ལྟེ་ཁྲག་པོ་བའི་སྨན་བླ་དོན་གྲུབ་རྒྱ་མཚོ་དང་། །

གོང་དཀར་ཡུལ་གྱི་རྒྱུན་དུ་གྱུར་པ་སྨང་སྟོད་མཁྱེན་རྩེ་ཆེན་མོ་དང་། །

ཡར་སྟོད་སྤྲུལ་སྐུ་ནམ་མཁའ་བཀྲ་ཤིས་ལ་སོགས་བློ་གྲོས་རྩལ་ཉིད་ལས། །

རང་རང་ལུགས་ཀྱི་འབྲི་སྲོལ་བཏོད་དེ་རི་མོའི་བསྟན་པ་མཁའ་ལ་བརྡལ། །

༄༅། །ཕ་གིའི་འོང་ཁའི་གསེབ་ནས།

འོང་ཁ་གྲུ་བཞི་མི་ཡི་ཕྲེང་བས་བསྐོར།

བདུད་རྩི་སྤྲུམ་པའི་ཆར་སྤྲིན་སྔོན་པོ་ནམ་མཁར་ལང་ལོང་འཁྲིགས་དུས་སུ།།
དཀར་སེར་དམར་སྔོའི་མེ་ཏོག་སྣ་ཚོགས་ས་གཞིར་ཁྲ་ཆིལ་བཞད་དུས་སུ།།
འབྲུ་དྲུག་སྐྱེ་མས་མགོ་ལྩོག་ལྡེམ་གྱིན་མགྲོན་ལ་གཡབ་མོ་བྱེད་དུས་སུ།།
རྫོགས་ལྡན་ནམ་ཟླས་མི་ཚོའི་ཡིད་ལ་སྐྱིད་སྣང་བདུད་རྩི་འཛེ་དུས་སུ།།

སྤུར་རྒྱལ་བཙན་པོའི་དུས་ནས་འབབ་པའི་བཞུར་ཡུན་རིང་བའི་ཆུ་རྒྱུན་ཞིག །

བཏབ་པའི་ཞིང་ལ་ལོ་ཏོག་ལེགས་པའི་འདོད་འདུན་མངོན་པའི་རི་མོ་ཞིག །

དུས་རབས་སོ་སོའི་ཆུ་ཀླུང་འཁྱིལ་བའི་ཡིད་འོང་པད་རྫིང་དྭངས་མོ་ཞིག །

ཡུལ་ལྷ་གཞི་བདག་གྲོགས་སུ་བཀུག་ནས་ལོ་ལེགས་སྲུང་བའི་དུས་སྟོན་ཞིག །

སྟག་ཤར་གཞོན་པས་དར་དང་བ་དན་བསྒྲེངས་ཏེ་ལྷ་ཀླུ་མཉེས་པར་བྱས། །

སྨན་ཆུང་བུ་མོས་ཆོས་ཀྱི་སྤུ་ཏི་འཁུར་ནས་བྱིན་རླབས་གཡང་དུ་བཀུག །

ལུས་ལ་གཟབ་རྒྱུའི་ན་བཟས་བཀླུབས་ཤིང་ཡིད་འོང་རྒྱན་གྱིས་མངོན་པར་སྤུད། །

འོང་ཁ་གྲུ་བཞི་སྐོར་བཞིན་སྐོར་བཞིན་དགའ་སྤྲོའི་ཡོ་ལང་མཚོ་རུ་བརྫོལ། །

སླུ་དང་གཞས་ཀྱི་སྒྲོ་མོ་འདི་ནས་ཕྱེས།

གདོང་དམར་བོད་པའི་རིགས་ཀྱི་ས་བོན་ས་ལ་གདབ་སའི་ཞིང་ས་དང་།།

སྤུར་རྒྱལ་བཙན་པོའི་ཕ་ས་རྫོན་མོ་ཡར་མོ་སླུང་གི་ཕུ་མདའ་ན།།

ཐོག་མར་དགེ་བ་ཆུ་བོ་ཆུ་བོའི་ཕ་རོལ་ཞེས་པའི་མགུར་སླུའི་སྒྲས།།

བཙན་པོའི་སྲིད་ཀྱི་དར་ཐག་དཀར་པོ་རིང་དུ་བསྲིང་བའི་མཐུན་རྐྱེན་བྱས།།

གདོང་དམར་བོད་པའི་རིགས་ཀྱི་ས་བོན་ས་ལ་གདབ་སའི་ཞིང་ས་དང་།།
སྤུར་རྒྱལ་བཙན་པོའི་ཕ་ས་རྫོན་མོ་ཡར་མོ་གླུང་གི་ཕུ་མདའ་ན།།
བར་དུ་དགེ་བ་འཕྱོངས་རྒྱས་འཕྱོངས་རྒྱས་མ་གསུངས་ཞེས་པའི་མཛའ་གླུ་ཡིས།།
ན་ཆུང་ཕོ་མོའི་བརྩེ་བ་ཟབ་མོ་གཅིག་ཏུ་སྦྲེལ་བའི་སྒྲད་བུ་བྱས།།

གདོང་དམར་བོད་པའི་རིགས་ཀྱི་ས་བོན་ས་ལ་གདབ་སའི་ཞིང་ས་དང་།།
སྤུར་རྒྱལ་བཙན་པོའི་ཕ་ས་རྫོན་མོ་ཡར་མོ་གླུང་གི་ཕུ་མདའ་ན།།
མཐའ་མར་དགེ་བ་དགྲུང་བསངས་མཐོན་པོ་ཨོ་ལོ་སྐྱེས་པའི་ཕ་ཡུལ་ཞེས།།
སྔོར་མོའི་གཞས་ཀྱི་གྲུ་ཆར་ཟེམ་བུས་འབབས་ཀྱི་དགའ་སྤྲོ་བརྟན་པར་བྱས།།

གར་པ་གཞས་མའི་མེ་ཏོག་འདི་ན་འཛུམ།

སྤྲེལ་སྤྲིན་རྒྱུད་པའི་འོད་ཀྱི་ཟེར་ཐག་ཕྱོགས་ཀྱི་མཐའ་ལ་སྤྲོ་བའི་གནས།།

སྤྱར་མོའི་རྩལ་གྱིས་ས་ཞིང་སྤྲོལ་ནས་རང་གི་སོ་ཚོས་སྒྲུབ་པའི་ས།།

རྩེད་ཐང་ཡུལ་གྱི་རྒྱ་མཚོའི་གླིང་ནས་བལྷམས་པའི་ནོར་བུ་འོད་ཆེན་ཞིག།

རང་གི་བྱུང་བ་རང་གིས་འཁྲབ་པའི་ཟློ་གར་གཞས་ཀྱི་གཟིགས་མོ་སྟེ།།

ཐུན་མོང་མིན་པའི་སྤྲེའུའི་འགྱུལ་ཉམས་གར་གྱི་སྟངས་སྟབས་རྩེལ་པོར་སིམ། །
ཐུན་མོང་མིན་པའི་སྤྲེའུའི་རྒྱུད་པ་འཕེལ་བའི་བྱུང་བ་མཚོན་པར་བྱས། །
ཐུན་མོང་མིན་པའི་སྒྱུ་རྩལ་འདི་ཀོ་ཏ་ཉུ་མན་ཐའི་ལད་མོ་མིན། །
ཐུན་མོང་མིན་པའི་སྒྱུ་རྩལ་འདི་ཀོ་རང་ས་ནས་འབྱུངས་ནོར་བུ་ཡིན། །

གར་པ་སྤྲུ་གར་ལེ་ཚན་རྩེལ་པོའི་ཐོག་མཐའ་ཀུན་ཏུ་གར་ལ་འཁྱམས། །
གཞས་མ་ཟངས་མདོག་དཔལ་རིའི་གཞས་ཆེན་ཆུ་སླུང་རིང་མོའི་གླིང་ན་རྩེན། །
རིན་ཆེན་སྣ་ལྔའི་རྒྱན་གྱིས་སྤྲུད་པའི་གནའ་བོའི་ཆས་གོས་མིག་ལ་མངར། །
མཛེས་ཤིང་སྒྱུམ་པའི་ཉམས་འགྱུར་དག་གིས་རོ་བརྒྱ་བཏུད་རྩིའི་ཆར་པ་ཕབ། །

འཇུ་ཡི་ཡུལ་ནས་བྲོ་ཡི་རོལ་པ་བསིགས།

བགྲང་བྱའི་ཁྱུགས་སོ་སྟོང་ཚོ་འགྲིམས་པའི་སྟོན་གྱི་དབྱུ་དཀར་བགྲེས་པོ་ཞིག །

ཁྲི་སྲོང་བཙན་པོས་བསམ་ཡས་བཞེངས་པའི་མཛད་ཆེན་འགོད་པའི་བྱུང་བ་དང་། །

ཨ་ཁུ་སྟོན་པས་དམངས་ཀྱི་བུ་ལོན་འཇལ་རོགས་གནང་བའི་གཏམ་རྒྱུད་དང་། །

ཐང་སྟོང་རྒྱལ་པོས་ཟམ་པ་བསྐྲུན་པའི་རྣམ་ཐར་སྒྲོག་གི་སྙིང་པོར་བྱས། །

ཐོག་མ་ཐོག་མ་འཕྲིང་བ་སྨྱུག་རྩེར་ཕྱུར་རྒྱལ་བཙན་པོའི་གཟིགས་མོར་བཤམས།།

བར་གྱི་ལོ་ཟླར་རྒྱ་རིའི་ལྷ་རྣམས་མཉེས་པའི་རྩེ་མོར་སོན་ཕྱིར་ཕུལ།།

དེ་ཡི་རྗེས་ནས་རི་བོ་བདེ་ཆེན་བཀྲ་ཤིས་ཆོས་ཀྱི་ཕོ་བྲང་དུ།།

བླ་མ་ཡི་དམ་དཀོན་མཆོག་དྲུང་ན་མཆོད་པ་སྤྲིན་གྱི་ཚུལ་དུ་སྤྲོས།།

དེང་འདིར་རྒྱལ་ཁབ་དངོས་མིན་རིག་གནས་ཤུལ་བཞག་བཞུགས་གྲལ་སྐོར་མོ་ན།།

དམངས་ཁྲོད་རིག་རྩལ་བྱ་དགའ་མཐོ་ཤོས་ཁྲོད་ཀྱི་སྨྲ་ལོའི་གསེབ་ཏུ་བཙུགས།།

སེ་སེ་ཐི་ལྷུའི་(CCTV)ནོ་དྲར་བཞེངས་ནས་འཛམ་གླིང་སྐྱེ་འགྲོ་ཐམས་ཅད་ལ།།

བཀྲ་ཤིས་སྒྲོ་ཡི་མཆོད་པ་ཕུལ་ཏེ་རང་གི་ཐུན་མིན་ཉམས་རྩལ་ངོམས།།

ས་བོན་དཀར་པོ་ས་གཞིའི་རུམ་ན་བསྐལ།

གང་ཞིག་ཤེས་ན་སྣང་དོར་གནས་ལ་གཞན་དྲིང་མི་འཛོག་ཤེས་རབ་ཀྱི། །
འོད་འབར་ནོར་བུ་ལག་ཏུ་སྟོལ་བའི་སྐར་རྩིས་རྒྱ་གཏེར་སྒྲོང་ཡངས་ལས། །
བལྟམས་པའི་ལོ་ཐོ་ཀུན་གསལ་ཉི་ཟླའི་མེ་ལོང་ངོས་ལས་གསལ་བ་བཞིན། །
ནག་པོའི་ས་གཞི་སྐྱོག་ལ་དཔའ་བའི་ཕྲུང་དཀར་མཛོ་མོའི་གཉའ་གཅོག་ཉིན། །

སྔོན་མཛོ་ཟླུང་གི་མགོ་སྐེ་དག་ན་ཛ་མ་སོགས་ཀྱིས་ཞིགས་པར་སྤྱད།།
ཕོ་མོ་ཟླུང་གི་སྐུ་ལུས་ཡོངས་ལ་རྒྱན་དང་ན་བཟས་ཀུན་ནས་བསྒྲུབས།།
སྟག་ཤར་དག་གིས་ཐོང་གཤོལ་བཟུང་ནས་ས་ནག་ཞལ་ཁ་ཕྱེས་ཤུལ་དུ།།
མཛེས་མ་རྣམས་ཀྱིས་ལྷེམ་མྱུར་ཕྱུག་གིས་སོན་དཀར་ས་ཡི་ཏུམ་ན་བསྐྱལ།།

ཀུན་ཀྱང་ཁྲུང་ཁྲུང་ལྗོ་ཏུ་བསྐྱོད་པའི་ལད་མོས་ཏུ་སྟར་བསྒྲིགས་བྱས་ཏེ།།
གྲལ་ཤལ་ཅིག་གིས་ས་བོན་དཀར་པོ་ས་གཞི་ནག་པོའི་ཏུམ་ན་བསྐྱལ།།
མི་ཕྱུགས་གཉིས་ཀ་ནས་ཆང་བདུད་རྩིས་ལུས་སེམས་ཀུན་ནས་མྱོས་དང་ལྡན།།
ཆར་ཆུ་དུས་འབབ་ལོ་ཕྱུགས་རྟག་ཞིགས་སྨོན་ལམ་སྙིང་གི་དཀྱིལ་ནས་འདེབས།།

མེ་ཏོག་མཆོད་པས་ཁྲ་ཆིལ་འཛུམ་མདངས་ཛོམས།

བྱང་ཆུབ་སེམས་ཀྱི་བདུད་རྩིས་བརླན་པའི་སྙིང་རྗེ་ཅན་གྱི་རྒྱལ་སྲས་ཤིག།
འབངས་ཀྱི་སྐྱིད་སྡུག་རྒྱུས་ལོན་ལས་ཀྱི་མི་ལོང་ནང་ནས་གསལ་བར་གཟིགས།།
ཉམ་ཐག་དབུལ་པོའི་ལྟོན་པ་སྐམ་པོར་འགྱུར་ཕྱུག་པོ་འདབ་རྒྱས་པའི་ཕྱིར།།
ལྟོགས་ཕྱུག་ལན་གསུམ་སྙོམས་པའི་མཛད་པས་དེང་ཡང་གོ་ལ་ཡོམ་ཡོམ་འགྱུལ།།

ཡབ་རྗེ་ཆེན་པོ་ཁྲི་སྲོང་ལྡེ་བཙན་མཆོག་གི་ཐུགས་དགོངས་རྫོགས་པའི་ཕྱིར།།
ར་ས་ཁྲ་འབྲུག་བསམ་ཡས་གསུམ་ན་སོ་སོར་འདུལ་བ་མདོན་པ་དང་།།
མདོ་སྡེ་མདོན་པར་བྱུང་ནི་ཆུབ་པའི་མཆོད་ཆེན་བཞི་ཡི་སྲོལ་བཟང་བཙུགས།།
དེ་ལས་ཁྲ་འབྲུག་གཙུག་ལག་ཁང་ན་མེ་ཏོག་མཆོད་པ་ཁྲ་ཆིལ་ཆིལ།།

གཞས་པ་གཞས་མས་སྟོན་འགྲོའི་ཚུལ་དུ་བཀྲ་ཤིས་གཞས་ཆེན་དབྱངས་སུ་གྱེར།།
སྣེ་གདོང་སོགས་ཀྱི་ལྷ་ཚོགས་མང་པོ་ཚངས་པ་ལྷུག་ལ་གཅིག་ཏུ་འཛོམས།།
ཚངས་པ་ཆེན་པོ་འཆམ་ རྣར་དྲངས་ཏེ་ལུང་བསྟན་ཚོ་ག་ཟིན་པའི་རྟེང་།།
དུང་ཆེན་རྒྱ་གླིང་སྙན་དབྱངས་ཁྲོད་དུ་ལིང་ལིང་འཆམ་གྱིས་དད་ཅན་འགུགས།།

བཅུ་གསུམ་མཆོད་པ་གཡའ་བཟང་ཡུལ་ལ་དར།

ཡར་སྟོད་གཙང་ཞལ་དམར་མོ་ཞེས་པར་ལྷེ་བའི་མཚལ་ཐིགས་ས་ལ་ལྷུང་།།
དམ་ཆོས་འདུལ་བའི་བཤད་དང་ལག་ལེན་བགྱི་བ་ཀུན་གྱི་སྙིང་པོར་འཛིན།།
ཆོས་རྗེ་ཕྱུག་དང་ཉི་མ་ཕྱུག་སོགས་ཕྱུག་ཆེན་བཞི་ལ་སྐྱབ་པ་མཛད།།
བྱ་སྒོམ་ལྷ་སྒོམ་ལེ་སྒོམ་ལ་སོགས་སློབ་ཚོགས་མཁའ་ཡི་སྐར་མ་ཡིན།།

དེ་ལྟའི་ཡོན་ཏན་འོད་ཀྱིས་སྣེག་པའི་སྐྱེས་བུ་ཐོ་རེངས་སྐར་ཆེན་ཞིག །
འགྲོ་བའི་བསོད་ནམས་སྟོབས་ཀྱིས་མ་འཚུན་དགོངས་པ་དབྱིངས་སུ་ཐིམ་པ་ན། །
བུ་སློབ་ནམ་མཁའི་སྐར་ཚོགས་ཕྲེང་བས་གང་གི་ཐུགས་དགོངས་རྫོགས་ཐབས་སུ། །
ལོ་རེའི་དབོ་ཟླའི་བཅུ་གསུམ་ཉིན་མོར་དུས་མཆོད་སྐྱོར་བ་ལྷུ་ཏུ་བླངས། །

ལྷ་མགོན་ཟུང་གི་ཞལ་རས་མཇལ་ཁ་དད་ལྡན་རྣམས་ལ་འགྱེད་པའི་ཕྱིར། །
འབུམ་ཐང་སྤང་དུ་དད་པས་སྤྱན་འདྲེན་ལྷ་མོའི་བཞིན་ལས་འབྱུང་འགྱུར་བརྟགས། །
ས་གཡར་དུར་བདག་ཝུག་པ་ཕོ་རོག་གདོང་མ་བཞི་དང་སྤྲུགས་འཆང་སོགས། །
རིམ་པས་འཆམ་པའི་བྱིན་རླབས་བདུད་རྩིས་ལུས་སེམས་ལོ་མ་བརླན་པར་བྱས། །

ཡར་སྟོད་ཡུལ་ན་གོས་སྐྱའི་མེ་ཏོག་འཛུམ།

ལག་མཐིལ་ལྟར་མཉམ་བཻཌཱུརྻ་གཞིར་ལྗུ་ཧྲིག་ཕྲ་ཚོམ་བཏབ་པ་བཞིན།།
ཟ་འོག་གོས་ཀྱི་མེ་ལོང་ངོས་སུ་དབུས་ན་དུས་གསུམ་སངས་རྒྱས་ལ།།
འཕགས་པའི་གནས་བརྟན་བཅུ་དྲུག་གིས་བསྐོར་གཙོ་ལྷ་ཤཱཀྱའི་རྒྱལ་པོའི་དབུར།།
སྲིད་ན་དཀོན་པའི་ནོར་བུ་མེ་ཞལ་མཆོག་གིས་སྤུད་པའི་གོས་སྐྱ་ཞིག།

ལོ་རེའི་སྟོན་ཟླའི་དམར་ཕྱོགས་བཟང་བ་གསུམ་པའི་དུས་བཟང་ཉིན་མོ་སྟེ།།

གནམ་ནས་སྣེག་ལྷན་ཆུ་འཇོན་བུ་མོས་ཟེམ་ཟེམ་སྤྲང་ཆར་དབབ་ཉིན་ཞིག།

ས་ནས་ནོར་འཛིན་དགའ་མའི་ལུས་ན་ཁྲ་ཚིལ་མེ་ཏོག་འཛུམ་ཉིན་ཞིག།

དབང་ཕྱོགས་ས་འཛིན་མཐོན་པོའི་ལྡེབས་སུ་བརྟན་འཁྱིན་ཤེལ་ཡོལ་རྩལ་དུ་འགྲེམས།།

གོས་སྐུའི་བྱིན་རླབས་སེམས་ལ་ཞུགས་པས་ཡིད་སེམས་འོད་ཀྱི་གོང་བུར་གྱུབ།།

འཆམ་གྱི་བྱིན་རླབས་ལུས་ལ་ཞུགས་པས་ལུས་ལ་བདེ་བའི་མེ་ཏོག་བཞད།།

མི་ཚོགས་མ་བོས་ངང་གིས་འདུས་པས་ཉོ་ཚོང་འཁྲུགས་པོའི་ཆུ་འཛིན་འཁྲིགས།།

མི་ཚོགས་མ་བོས་ངང་གིས་འདུས་པས་ལྟད་མོའི་འདུ་འགོད་མིག་ལ་མངར།།

༄། །སྨོན་ཚིག་དགོས་འདོད་ནོར་བུ།

ཡིད་ཀྱི་མཚོ་ལས་འཁྱུར་བའི་དབལ་རླབས།

སྤུ་བ་མང་པོས་འཚང་ཁ་རྒྱག་པའི་ཡར་མོ་གླུང་གི་ཕུ་མདའ་ན།།

སྤུ་བ་མང་པོའི་མེ་ཏོག་མཚར་རྒྱུ་འདྲེན་བྱེད་ཟུང་གི་བཙུད་དུ་བཞད།།

སྤུ་མོ་སྐྱིད་པ་ཆགས་ཙམ་ཉིད་ནས་ཁ་དོག་མཛེས་པོས་མི་སེམས་འཕྲོག།

སྤུ་མོ་སྐྱིད་པ་ཆགས་ཙམ་ཉིད་ནས་དྲི་བསུང་ཞིམ་པོས་བུང་བ་བཀུགས།།

འོན་ཏེ་དུས་ཀྱི་ལ་ལུང་མང་པོས་རིང་ནས་རིང་དུ་བསྐྱལ་བས་ན།།

འོན་ཏེ་དུས་ཀྱི་བྱང་རླུང་རྒོད་པོས་ཡང་ནས་ཡང་དུ་གཙེས་པས་ན།།

མཚར་སྡུག་མེ་ཏོག་ཕལ་མོ་ཆེ་ཞིག་གྲང་དད་རླུང་བུས་རྒྱང་རིང་འཕྱིར།།

མཚར་སྡུག་མེ་ཏོག་ཕལ་མོ་ཆེ་ཞིག་མིང་གི་ལྷག་མ་ཙམ་དུ་ཟད།།

དུས་རབས་ཉེར་གཅིག་རྩིབས་སྟོང་འཁོར་ལོ་མདུན་ན་རྒྱུ་བའི་དུས་ཚིགས་འདིར།།

དུས་རབས་ཉི་ཤུའི་རྗེད་དུ་བཙས་པའི་བདག་གིས་མེ་ཏོག་ལྷག་མ་འགའ།

ཕྱི་རབས་པ་ལ་སྐྱེས་ཀྱི་ཚུལ་དུ་བཏུས་ནས་ཕུལ་བར་བྱས་པ་འདིས།།

ཕྱི་རབས་པ་རྣམས་དགྱེས་པ་རབ་ཀྱི་རྩེ་མོར་སོན་པ་ཉིད་གྱུར་ཅིག།

༄༅། །ཡུལ་ཡར་མོའི་ལུང་ནས་མེ་ཏོག་བཏུས་ན།

རྩོམ་པ་པོ།	བྱམས་པ་བསྟན་འཛིན།
རྩོམ་སྒྲིག་འགན་འཁུར་བ།	པ་སངས་དབང་ཆེན།
མདུན་ཤོག་མཛེས་འཆོས་པ།	སྐལ་བཟང་ནོར་བུ།
པར་འདེབས་འགན་འཁུར་བ།	ལྷ་མོ་ཆོས་སྒྲོན།
དཔེ་སྐྲུན་འགྲེམས་སྤེལ་ཚན་པ།	བོད་ལྗོངས་མི་དམངས་དཔེ་སྐྲུན་ཁང་། (ལྷ་ས་གླིང་སྐོར་བྱང་ལམ་སྒོ་ཨང་20པ།)
པར་འདེབས་ཚན་པ།	ཁྲེང་ཏུའུ་ཏུང་ཅང་པར་འདེབས་ཚད་ཡོད་ཀུང་སི།
དེབ་ཚད།	787×960 1/16
པར་ཤོག	15.125
ཡིག་གྲངས།	ཁྲི་20
པར་གཞི།	2021ལོའི་ཟླ་8པར་པར་གཞི་1བསྒྲིགས།
པར་ཐེངས།	2021ལོའི་ཟླ་8པར་པར་ཐེངས་1བཏབ།
པར་གྲངས།	01-2,000
དཔེ་རྟགས།	ISBN978-7-223-06822-2
རིན་གོང་།	སྒོར་52.00